Kochtraining
für Anfänger und Einsteiger

Ulrike Bresch · Johannes Gregor

Hilfe, ich muss kochen!

Kochtraining
für Anfänger und Einsteiger

Bassermann

Inhaltsverzeichnis

Vorwort

Verehrter Küchenfeind und Leser,

auch wenn es angesichts unendlicher TV-Gourmet-Serien, Rezeptrubriken und Prominentenkochbücher unwahrscheinlich klingen mag, es konsumieren hierzulande mehr Kochmuffel ihr tägliches Fast Food, als man gemeinhin denkt. Aller in deutschen Küchen und Kochstudios umfänglich zelebrierten Lebensmittelkultur zum Trotz gibt es nicht wenige junge wie ältere Menschen, die – aus welchen Gründen auch immer – bislang Küchen mieden, nicht kochen lernen mussten, wenig Zeit und/oder Lust zum Kochen aufbrachten.

Da die meisten dieser Küchenfeinde durchaus keine Kostverächter sind, gelangt auch der hartnäckigste Ignorant irgendwann an den Punkt, an dem er kross gebratene Frühstückseier mit Speck dem pappigen Wurstbrötchen vom Imbissstand oder ein selbst geschmortes Rindergulasch jeder Fünf-Minuten-Kreation vorzieht. Spätestens dann beginnt unser Kochmuffel damit, sich für den einen oder anderen Küchentrick seiner Mutter zu interessieren, lässt sich von der Großmama das einzig wahre Rezept für Kartoffelpuffer aufschreiben und wünscht sich einen handfesten Kochratgeber.

Hier ist er: mit Tipps, Tricks und rund 100 Rezepten von zwei Küchenakteuren, die sich als Alltagsprofis und nicht als Küchengurus verstehen. Einfach nachvollziehbare Zubereitungsvorschriften werden fröhlich vorgestellt und mit Warnungen und Hinweisen gewürzt, die kleine Ärgernisse bis größere Küchenkatastrophen vermeiden helfen. Dieser Ratgeber lässt die ausgeklügelte Nouvelle Cuisine ebenso links liegen wie garantiert Unbekanntes aus Hinterindien oder Hinterpommern. Er soll Ihnen schnell und unkompliziert zu einem fantastischen Frühstück, Mittagessen und Abendbrot von eigener Hand verhelfen. Dazu gehören solide Rezepte, deren Zutaten mit vertretbarem Aufwand – das ist zeitlich wie finanziell zu verstehen – zu beschaffen sind.

Falls nicht ausdrücklich anders erklärt, gelten die Rezeptvorschläge für jeweils eine durchschnittlich hungrige Person. Falls bei Ihnen kein kulinarisches Solo anstehen sollte, brauchen Sie lediglich die Angaben für die Zutaten mit der Zahl der erwarteten Tischgäste zu multiplizieren.

Ebenso werden ein paar logische Vorschläge für das allgemeine Küchenmanagement mitgeliefert. Potenziell Kochwillige, aber Ungeübte sehen sich nicht dem spitzen Zeigefinger eines allwissenden Superkochs ausgesetzt, sondern können hier dem Dialog eines (gelegentlich) kochenden Paares folgen, das einst im Mai zwar gern Tisch und Bett, doch höchst ungern die Küchenarbeit miteinander teilte. Ausgerüstet mit den amüsant-betrüblichen Erfahrungen und garantiert ausprobierten Rezeptvorschlägen der beiden soll es vom »Kochen – nein danke!« zum »Kochen – aber bitte schön!« gehen.
Mit gutem Appetit!

Abkürzungsverzeichnis

EL = Esslöffel
TL = Teelöffel
kg = Kilogramm
g = Gramm
l = Liter
ml = Milliliter
cl = Zentiliter
cm = Zentimeter

Kapitel 1

Frühstücke wie ein Kaiser!

Lieber John,

in den letzten Tagen habe ich häufig an die schönen Zeiten denken müssen, als wir noch in der Mansarde bei deinen Eltern wohnten. Natürlich nicht wegen der Mansarde (keine voreiligen Schlüsse), sondern wegen der herrlichen Frühstückstische deiner Mutter. Wie gut erinnere ich mich an ihren Slogan »Frühstücke wie ein Kaiser!«. Besonders dann, wenn mir hier morgens in meiner Großstadthektik die Zeit nicht einmal für ein selbst aufgebackenes Brötchen reicht, ich mir so ein pappiges Vollkornbaguette an der Tramendstelle hole – und von dem herrlichen Walnussbrot oder dem lockeren Rührei mit den kross gebratenen Speckkämmchen deiner Mutter nur träumen kann.

Warum merkt man immer erst hinterher, dass man eigentlich in einem Paradies saß und aß? Ein Jammer, dass ich dort fast immer nur mit Hast die guten Sachen herunterschlang und gelegentlich boshaft zum Thema Kalorienarmes dozierte … Hätte ich nur genauer hingesehen, wie deine Mutter aus den Tiefen ihres Kühlschrankes die bunten Sandwiches zauberte oder wie sie ihre einmalig knusprigen Eierkuchen und die würzigen Gemüsepuffer brutzelte, ohne einen Herd voller Fettspritzer zu hinterlassen!

Lieber John, falls du dich über derartige Gedanken bei einer erklärten Küchenfeindin nun arg wunderst, sei dir mitgeteilt: Ich habe jetzt meine erste eigene Küche. Du hast richtig gehört, der Job in der Kanzlei läuft super, da

wagte ich den Sprung aus der hektischen Altstadt-WG in ein angenehmes Appartement in einem freundlichen, stillen Vorstadthaus. In der WG-Küche hatte ich ja bekanntlich nicht viel verloren, jetzt stehe ich (lach nicht!) am eigenen Herde aus Edelstahl, umgeben von dunkelgrauem Marmor. So eine richtig kalte Küche. An Marmor wie Edelstahl bin ich unschuldig (hatte der Vormieter so machen lassen), trage aber die immensen putztechnischen Folgen. Selbst meine ordentliche Mutter, die zum Umzug anreiste und mir (als ihren Beitrag zu meinem endgültigen Selbstständigwerden) das Innenleben der Küche einrichtete, also irgendwelche Töpfe, Pfannen, Kasserollen, Bestecke, und ein zugegeben sehr wirkungsvolles weißes Geschirr anschaffte, fand edlen Stahl und matt schimmernden Marmor nur bis zum ersten Spülvorgang samt Unmengen von Wasserflecken und Kalkspritzern edel …

Jedenfalls hantiere ich – seit Mutter wieder gen heimatlichen Herd verschwand – gelegentlich in diesem Kochpalast mehr oder weniger ungelenk herum.

Allerdings, du kennst meine begrenzten Möglichkeiten, entsteht unter Garantie jedes Mal nur eines der sechs Schnellrezepte, die ich im Kopf habe. Das liegt allein schon an den fehlenden Zutaten für Interessanteres. Wenn ich abends im Hamburger Zentrum unsere Kanzleitür schwungvoll hinter mir zufallen lasse, dann ist es nicht selten schon so spät, dass ich bestenfalls im Tankstellenshop ein Mikrowellengericht bekomme.

Aber wenigstens ordentlich frühstücken, das möchte ich schon. Es geht doch nicht an, dass morgens bestenfalls die Wahl zwischen Rührei naturell und angetrocknetem Schinken besteht. Manchmal auch nur zwischen dem letzten krümeligen Toastbrot oder einem uralten Müsliriegel. Und deswegen bitte ich dich jetzt um eine Freundestat: Erklärst du mir – bitte! – ein paar von den Frühstücksrezepten deiner Familie? Du weißt schon: allgemein verständlich samt erster Hilfe für deine küchenmufflige Exfreundin!

Danke schön und tschüsing …

Ulrike

Kalte Küche am Morgen

Liebe Ulrike,

mein Gott, kannst du einen erschrecken! Die Botschaft, dass Rikje 'ne eigene Küche besitzt, hat hier viel mehr Sensation gemacht, als die Nachricht, dass der Papst geheiratet hat, jemals hätte machen können. Nun stehste also da in deiner Küchenwunderwelt, und weißt nicht, was du dort fabrizieren sollst?

Mein erster Tipp: Schmeiß die Edelstahlkochmulde raus. Die sieht zwar edel aus, aber nur, solange man nicht darauf kocht. Wie ich dich kenne, wirst du schon deine erste Erfahrung damit gemacht haben, festgebrannte Reste der übergekochten Milch – isst du immer noch diese seltsamen Haferflockensuppen? – vom Stahl kratzen zu dürfen. Und wenn du dich nicht sehr verändert hast, bist du mit dem aggressivsten Putzmittel, das in der Hansestadt zugelassen ist, dagegen vorgegangen, und deine Edelstahlkochmulde sieht inzwischen aus wie … Ein gewisses hanseatisches Standesbewusstsein hätte dir längst sagen müssen, dass Edelstahl nicht zu Marmor passt und schon gar nicht zu Hamburg – dort »trägt« man Ceran, wie ich hörte. Und wenn du die Ceranplatte versaut hast und zu bequem bist, sie zu putzen, bleibt immer noch die Möglichkeit, einen schweren Topf draufkrachen

zu lassen – vorausgesetzt, du hast vorher eine entsprechende Zusatzversicherung für Cerankochfelder in deiner Hausratversicherung abgeschlossen, aber die kann dir dein neuer Lover – war er nicht Versicherungsmakler? – sicher höchst rabattiert verschaffen.

Ein bisschen hat es mich schon verwundert, dass die Frühstückstafeln meiner Mutter das Einzige sind, das dir aus unserer Mansardenzeit in Erinnerung geblieben ist. Du hast offenbar vergessen, dass es mich schier wahnsinnig gemacht hat, wenn sie das Frühstück mit Serviettenringen, Marmeladenlöffelchen und Messerbänkchen zelebrierte, während ich doch viel lieber gleich das bebutterte Messer ins handelsübliche Honigglas bohrte, des Messers Schneide genüsslich ableckte und das Honigbrötchen mit in meine Leseecke nahm, wo die Tageszeitung auf mich wartete. Ein Gewohnheit, die mir stets ein scharf tadelndes »*Johannes!*« – Betonung auf der ersten Silbe, dann war immer Gefahr im Verzuge – meiner Mutter eintrug. Messerbänkchen und Serviettenring sind für mich bis heute der Inbegriff von Überflüssigkeit und hohler Etikette, ähnlich wie der Gebrauch gewisser Beteuerungsformeln in der juristischen Korrespondenz. Aber genug hiervon!

Während du also deine Edelstahlkochmulde ausbaust und nicht kochen kannst, musst du dich mit kalter Küche begnügen. Ich habe also meine Frau Mama angerufen, die immer noch in Berlin-Wilmersdorf wohnt und unsere Mansarde jetzt für 600 DM (ohne Frühstück) an einen bolivianischen Handlungsreisenden vermietet, um dir hinsichtlich deiner Anfrage zu willfahren. Sie hat mir einige nette Rezepte diktiert, die ich dir nachfolgend übermittele. Allerdings kann ich mir nicht verkneifen, ein paar Original-Müsli-Rezepte voranzustellen; sie stammen vom Redaktionssekretär unserer Studentenzeitung von damals, und befanden sich seitdem in meinem Zettelarchiv.

Müsli

*(Grundrezept für 1 sehr hungrige bzw.
2 normal hungrige Personen)*

120 g Getreide (möglichst nur von einer Sorte und möglichst aus biologischem Anbau)
1 EL Leinsamen
2 Äpfel (säuerlich fest statt mehlig süß)
1 Banane
Saft von 1 Zitrone
2 bzw. 4 EL halbsteife Schlagsahne
1 EL gehackte Haselnüsse (und/oder Walnüsse, Mandeln, Pistazien- oder Sonnenblumenkerne)

Am Vorabend Getreide und Leinsamen grob schroten. In einer Schüssel mit 3 bis 4 EL Wasser zu einem steifen Brei verrühren. Den Brei abdecken und bis zum nächsten Morgen kühl stellen.

Am Morgen Blüte, Stiel und Kerngehäuse der gewaschenen Äpfel ausschneiden, Äpfel zerkleinern, die Banane schälen, zerkleinern und mit der Gabel zerdrücken, beides mit Zitronensaft beträufeln und unter den Getreidebrei mischen.

Das Müsli in eine bzw. zwei Schalen füllen, Schlagsahne darüber geben und mit gehackten Nüssen, Mandeln oder Kernen bestreuen.

Knüller-Tipp

Getreide niemals in Milch oder Joghurt einweichen, damit es über Nacht nicht säuert. Im Sommer unbedingt im Kühlschrank aufbewahren. Süßmäuler können unauffällig Schokoladenstreusel unter die Kerne und Nusssplitter mischen.

Sanddornmüsli

(für 2 Personen)

1 Banane
1 TL Zitronensaft
100 g Magerquark
1 EL Leinöl (oder fein geschrotete Leinsamen)
2 EL Sanddornsaft
2 EL gehackte Nüsse (oder Nussmus)
1/8 l Milch oder Wasser
2 EL Cornflakes

Die Banane schälen, zerkleinern und mit der Gabel zerdrücken, anschließend mit Zitronensaft beträufeln.

Die zerdrückte Banane mit dem Quark und den anderen Zutaten mischen und mit Milch oder Wasser zu einem cremigen Brei verrühren.

Auf zwei Müslischalen verteilen und mit Cornflakes überstreuen.

Knüller-Tipp

Statt Sanddornsaft können auch andere, hochwertige Säfte verwendet werden – je charakteristischer der Geschmack, desto interessanter die Variation. Wer es süß mag, kann statt Zucker Ahornsirup, Honig oder eingedickte Obstsäfte zugeben.
Die bei der Weihnachtsbäckerei übrig gebliebenen Schokoflocken können zum Überstreuen ebenfalls Verwendung finden.

Ich glaube zwar nicht, dass dir das schmeckt, aber es gehört einfach dazu. Vielleicht willst du ja deinen Versicherungsmakler mal mit geschrotetem Korn dopen oder mal seine physische Belastbarkeit testen, indem du ihm eine Dinkeldiät verpasst. So ein gemeinsames Körnerkauen mit anschließendem Spelzen-aus-den-Zahnspalten-Klauben schweißt ja auch ungeheuer zusammen. Der Vorzug aller Müslis: Sie machen kaum Dreck und hinterlassen nur Rückstände, die biologisch abbaubar sind.

Ich will aber nicht ungerecht sein. Wenn du deine ursprünglichen Talente über den Aktenstaub in der Kanzlei gerettet hast, könnte ich mir vorstellen, dass deine Müslis ihren ständigen Wohnsitz in Grenznähe zum Land der Desserts nehmen. Meine Erinnerungen an diverse Grenzverletzungen sind übrigens durchaus angenehm. Besonders an die lustvolle Art von Nachspeise nach dem Dessert, für die sich unserer Mansarde so hervorragend eignete. Aber das ist ein anderes Thema.

Zurück zu Mamas Empfehlungen. Du erinnerst dich an ihre These, dass man am Brotaufstrich den Charakter eines Menschen erkennen kann? Ich weiß zwar nicht, was es über meinen Charakter aussagt, wenn ich nach wie vor auf schlichter Sauerrahmbutter bestehe. Aber ich säume nicht, dir aus dem mütterlichen Rezeptevorrat eine pikante Aufstrichversion zukommen zu lassen. Ähnliches bekommt man zwar auch fertig zubereitet im Laden zu kaufen, aber selbst gemacht schmeckt's doch besser – oder macht auf den Gast am Frühstückstisch einfach einen kompetenteren Eindruck.

Kräuteraufstrich

100 g Butter
ein Bund frische Kräuter
(z. B. Petersilie, Schnittlauch, Kerbel, Estragon, Basilikum, Majoran)
1 kleine Zwiebel
Paprikagewürz (scharf)
Salz
½ TL Zitronensaft

Die Butter rechtzeitig aus dem Kühlschrank nehmen und bei Zimmertemperatur sahnig rühren.

Die Kräuter fein hacken, zu der Buttermasse geben und gut verrühren.

Die Zwiebel fein hacken und zusammen mit etwas scharfem Paprikagewürz und Salz und dem Zitronensaft unter die Masse heben.

Aufstrich mit einem Butterförmchen modellieren und mit Petersilie oder Schnittlauch dekorieren.

Knüller-Tipp

Da die Kräuter verschieden kombinierbar sind, kann man je nach Geschmack und Jahreszeit variieren. Anstelle der Zwiebel kann man auch eine Knoblauchzehe verwenden, sofern nicht gerade ein Bewerbungsgespräch ansteht.

Das vorangegangene Rezept wirst du vermutlich kaum mit sahniger Butter, sondern mit 0,3-Prozent-Joghurt herstellen. Man kann sich sein Frühstück prima vermiesen, man muss nur wollen! Allerdings erinnert sich

Mutter, dass du seinerzeit einer speziellen Kalorienbombe stets sehr zugeneigt warst, und dich sogar einmal in deren Verfertigung hast einweihen lassen: Es ging um das berühmte Ei im Glas, erinnerst du dich?

Eier im Glas

pro Person mindestens 50 g
beste gesalzene irische Butter
pro Person zwei Eier
eingelegter grüner, schwarzer
und roter Pfeffer
Salz

Die Butter in kleine Stücke zerteilen, in vorgewärmte feuerfeste Gläser geben und warm stellen (Backröhre bei 50 Grad).

Die Eier 3 Minuten kochen, sodass sie noch sehr weich sind, ganz kurz abschrecken, mit Fingerspitzengefühl vorsichtig schälen und in die Gläser gleiten lassen.

Rasch einige grüne Pfefferkörner hinzufügen, je nach Lust auf Schärfe den roten und schwarzen Pfeffer darüber streuen, salzen und sofort essen.

Knüller-Tipp

Dieser knallharte Muntermacher zeigt noch bessere Wirkung, wenn einige Tropfen Cognac oder Gin hinzugefügt werden.

Mutters mitfühlend' Herz – ich bin ganz verwundert, wie sehr sie dein derzeitiges leibliches Wohl interessiert – hat sie veranlasst, noch ein Solo für Waffeleisen zu spielen und als Zugabe ein Rezept herauszurücken, bei dem du in die Röhre gucken musst – in die Backröhre, versteht sich. Vorteil des Waffeleisens: Es macht wenig Dreck. Nachteil: Du musst eine halbe Stunde eher aufstehen, weil der angerührte Teig so lange quellen muss, bevor du ihm die Instrumente zeigen kannst (hast du überhaupt ein Waffeleisen?). Oder du musst eine eigene Frühstückslogistik entwickeln: aufstehen, Teig rühren, Duschen und Zähne putzen, Waffeleisen auf, Lippenstift suchen, Teig aufs Eisen, Lippenstift finden, Waffeleisen zu usw.

Das andere Rezept aus Mutters Schatztruhe stammt aus einer Zeit, als es noch nicht üblich war, altbackenes Brot wegzuwerfen. Es ist vielleicht etwas gewöhnungsbedürftig, passt sich aber dafür deiner Vorratslage an.

VOLLKORNWAFFELN

150 g Butter
oder Pflanzenmargarine
2 frische Eigelbe
300 g Weizenvollkorn- oder Dinkelmehl
3/8 l Milch (oder 1/4 l Sahne und 1/8 l Wasser)
1/2 TL Salz
kaltgepresstes Öl zum Ausstreichen des Waffeleisens

Das Fett mit den Eigelben schaumig rühren; anschließend abwechselnd Mehl und Flüssigkeit sowie Salz hinzufügen und darunter rühren.

Die Masse abdecken und 30 Minuten quellen lassen.

Im Waffeleisen (mit Teflon beschichtet oder mit dem Öl ausgestrichen) Waffeln goldgelb backen.

KNÜLLER-TIPP

Auf die warme Waffel würzigen Schnittkäse oder grobe Mettwurst verteilen. Ist ein Großmaul zu Besuch, bietet sich die Variante »Doppeldecker« an: erste Waffel – eine Scheibe Emmentaler – zweite Waffel – eine Lage Mettwurst – dritte Waffel.

Apfelbettelmann

Pflanzenmargarine für die Form
250 g altbackenes, geriebenes Schwarzbrot
2 EL Zucker
½ TL Zimt
1 TL abgeriebene Zitronenschale
½ TL Nelkenpulver
⅜ l Apfelmus
3 EL Butter

Backröhre auf 200 Grad (Umluftherd 160 Grad, Gasherd Stufe 5) vorheizen. Auflaufform mit der Margarine einfetten.

Das geriebene Schwarzbrot mit dem Zucker und den Gewürzen vermischen.

Die Hälfte des Gemischs in die gefettete Auflaufform geben. Mit einer Schicht Apfelmus bedecken und den Rest der Brot-Gewürz-Mischung darüber verteilen.

Butter in kleinen Flöckchen obenauf verteilen und den Auflauf in der Backröhre auf der mittleren Schiene ca. 30 Minuten überbacken.

Knüller-Tipp

Statt Zucker kann Honig oder Ahornsirup verwendet werden. Dem geriebenen Schwarzbrot können Anteile von »klassischem« Müsligetreide beigemengt werden.

Ich bin mir allerdings nicht ganz sicher, ob mein Frühstücksbuffet die richtige Auswahl für dich enthält. Vielleicht hättest du ein Katerfrühstück nötiger – aber dazu brauchtest du keine Rezepte – oder aber eine Weinbrandbohnensuppe (du weißt schon: Man schütte eine Packung Weinbrandbohnen in einen tiefen Teller und gieße anschließend Weinbrand zu, bis alle Bohnen gleichmäßig bedeckt sind).

Liebst du es – wie früher – Rokoko oder hat dich die Seeluft zu Deftigerem bekehrt?

Wenn du dann alles wieder aufgeräumt und geputzt hast, liebe Ulrike, könntest du mir auch einen Gefallen tun. Wie du dir vielleicht denken kannst, verfüge ich in meiner neuen Wohnung in brandenburgischen Landen schon seit zwei Jahren über eine kleine Küche, die ich – wie du dir ebenfalls vorstellen kannst – selten benutze. Nicht, weil ich mich, wie du, vor der dem Kochen gewöhnlich folgenden Unordnung und vor schmutzigem Geschirr und Gerät graule – eine gut schließende Küchentür verbirgt bei Bedarf das Chaos meinen Blicken –, sondern weil mir jeder Aufwand, der über ein knapp kalkuliertes Mindestmaß hinausgeht, grundsätzlich verhasst ist.

Allein die Vorstellung, ich müsste meine Kocherei im Voraus planen, mich mit einer Zutatenliste auf Einkaufstour begeben, mir schließlich wie ein Chirurg die Instrumente bereitlegen und mehrere Stunden der Nahrungszubereitung widmen, verursacht mir eine Gänsehaut. Allerdings: Die Aussicht, meinen Joulebedarf bei

McNuggets mit einem Gaumenburger zu decken, hat den gleichen Effekt.

In dieser Lage erinnerte ich mich daran, dass du es in unserer Mansardenzeit vermochtest, mit einem leckeren Toast meine Laune zu verbessern. Wir nannten es damals »Ohnmachtshappen«. Ich habe bei diesem Wort noch eine sehr angenehme Geschmacksempfindung auf der Zunge. Aber ich habe vollkommen vergessen, wie das ging. Kannst du mir helfen?

Mit besten Grüßen aus der brandenburgischen Provinz!

Johannes

Sandwichvariationen

Verehrtester,

geschmeckt hat es! Besonders dieser Kräuteraufstrich (natürlich mit Butter, nicht mit Joghurt) sowie das Ei im Glas (mit mindestens einem Teelöffelchen voll Gin) stehen auf meiner Frühstückshitliste derzeit ganz obenan. Auch an das Sanddornmüsli könnte ich mich gewöhnen, zumal dessen Körneranteil sich auf den fein geschroteten Leinsamen und die zwei Esslöffel Cornflakes beschränkt. Wie kamst du nur darauf, dass ich mich von rohen Körnern ernähren möchte? Die von dir erwähnte, mir einstens von Mutter verordnete Haferflockensuppe (glaub mir, sie war Pflicht, nicht Kür!) wurde übrigens inzwischen völlig abgeschafft.

Aber Verehrtester, wie kann *Mann* nur so nachtragend sein? Mein lieber Johannes, (mit Betonung auf der ersten Silbe): Was mir mein damaliger BWL-Freund Peter, das war dir damals zu seligen Unizeiten in Berlin doch wohl deine gesundheitsbewegt-ökologische Biologiestudentin Christine. Übrigens stieg besagter Peter hier in Hamburg mitnichten als Treppenterrier für Versicherungspolicen, sondern als Assistent der Geschäftsführung des bekannten »kaiserlichen« Unternehmens ein. Kannst du tatsächlich immer noch nicht verknusen, dass er dich boshaft als

Dorfschulmeisterlein bezeichnete? Komm, ich schlage vor, wir machen hier nicht »Auge um Auge« weiter, sondern decken den Mantel der Nächstenliebe über unsere vergangenen Wortschlachten. Zumal, wenn ich noch etwas spitz nachschieben darf, sich deine seinerzeitige partnerschaftliche Neuorientierung wohl nicht zuletzt dadurch erklären ließ, dass du unsere ewigen Debatten über Grundfragen von Ordnung und häuslichen Pflichten schlichtweg satt hattest. Und ich hatte es satt, nachdem wir die Wilmersdorfer Mansarde mit der kleinen Hinterhauswohnung am Prenzlberg vertauschten, von Stund an deiner Mutter Rolle als Chaosbeseitigerin allein zu übernehmen. Wenn dieses leidige »Wer-kauft-denn-heute-ein?« oder »Du-bist-mit-Abwaschen-dran!« nicht immer wieder unsere Gespräche bestimmt hätte, wer weiß …

Dass du dich bei allem Frust daran erinnerst, wie ich mich redlich mühte, wenigstens gelegentlich deine Lebensgeister mit einem Sandwich zu befeuern, gefällt mir. Meinen Ananas- und den Spiegelei-Toast habe ich selbst hier gelegentlich auf der Pfanne, falls die Zutaten nicht gerade ausgegangen sind.

Ananas-Toast

*1 Scheibe roher
oder gekochter Schinken
2 Scheiben Käse (z. B. Edamer)
1 Scheibe Toastbrot
(oder dünn geschnittenes
normales Weißbrot)
2 EL Butter
oder Pflanzenmargarine
1 bis 2 Scheiben Ananas
(frisch oder aus der Dose)
Paprikapulver
(nach Geschmack)*

Den Schinken in 2 cm schmale Streifen teilen; falls der Käse eine Rinde hat, diese abschneiden.

Die Brotscheibe toasten, mit Butter bestreichen, den Schinken auflegen, darauf die abgetropfte Scheibe Ananas und 2 Scheiben Käse legen.

Wer Sinn für Schärfe hat, staubt noch etwas Paprikapulver über den Käse. Sieht auch netter aus!

Im Backofen oder Grill überbacken, bis der Käse geschmolzen ist. Heiß servieren!

Spiegelei-Toast

2 Tomaten (frisch oder aus der Dose)
50 g Butter oder Pflanzenmargarine
Salz
gemahlener schwarzer Pfeffer
1 Scheibe roher Schinken
1 Scheibe Toast- oder Weißbrot
1 frisches Ei

Frische Tomaten in mundgerechte Scheiben oder Stücke schneiden. (Wen bei frischen Tomaten die möglicherweise etwas harte Haut stört, der sollte – obgleich das etwas mühselig sein kann – die Früchte mit kochendem Wasser überbrühen und häuten.)

Danach einen geringen Teil des Fettes in einer Kasserolle erhitzen, die Tomatenstücke hineingeben, mit Salz und Pfeffer würzen und 3 Minuten im offenen Topf schmoren.

Die Schinkenscheibe im übrigen Fett auf beiden Seiten anbraten und auf den geschmorten Tomatenstücken warm zwischenlagern.

Im gleichen Fett das Spiegelei braten.

Das Toastbrot rösten, dann zuerst mit dem Schinken, dann mit Tomaten und zuletzt mit dem Spiegelei belegen.

Knüller-Tipp

Den Spiegelei-Toast auf gewaschenen, abgetropften Salatblättern anrichten und in die Mitte des Eigelbs je ein Pfefferkorn oder gewaschene Petersilie stecken. Sieht lustig bunt aus und wirkt außerdem so gesund!

Hinweis für die Anfängerstufe:

Spiegeleier erhält man, indem man aufgeschlagene Eier in eine Bratpfanne mit erwärmtem, aber nicht zu heißem Fett hineingleiten lässt. Wenn die Eier frisch sind, laufen Eiweiß und Eigelb nicht ineinander. Dann das Eiweiß unter leichtem Bewegen der Pfanne – die Eier sollen nicht ansetzen – stocken lassen. Wird das Eiweiß rundum zu rasch braun, dann war die Hitze zu groß. Zu dickes flüssiges Eiweiß mit einem Holzspatel auflockern, damit es sich verteilt. (Benutzt man dazu Gabel oder Messer, läuft man Gefahr, die Pfanne zu zerkratzen.)
Bei klassischem Spiegelei sollte das Eigelb weich bleiben. Wer es fest mag, muss mit geringstmöglicher Wärmestufe braten, andernfalls riskiert er, dass das Eiweiß von unten her eine kohleähnliche Färbung annimmt. Zuletzt etwas Salz und nach Geschmack auch andere Gewürze nur über das Eiweiß streuen, auf dem Eigelb würden sich um die Salzkörner weißliche Flecken bilden.

Diese beiden Sandwichvariationen gehen bei mir fast immer. Notgedrungen habe ich folgendes System der Vorratshaltung entwickelt: Einmal pro Monat suche ich mir in einem möglichst billigen Einkaufscenter am Stadtrand eine Ladung abgepackter Grundnahrungsmittel von mindestens einem Monat Haltbarkeit zusammen. Zu dieser Grundausstattung gehören auch zwei Toastbrote (eines wird eingefroren), diverse Schinken- und Schnittkäsepackungen sowie zwölf Eier. Und mindestens zwei Becher mit Krabbenfleisch für meinen heimatlichen nordfriesischen Toast.

Toast Nordfriesland

1 Scheibe Weißbrot
2 EL Butter
oder Pflanzenmargarine
2 Scheiben Ananas
(frisch oder aus der Dose)
50 g Krabbenfleisch
1 EL Zitronensaft
Salz
gemahlener schwarzer Pfeffer
2 Tomaten
Mayonnaise aus der Tube

Das geröstete Weißbrot mit Butter bestreichen.

Die Ananasscheiben abtropfen lassen und auf das Toastbrot legen.

Darauf die Krabben verteilen und mit Zitronensaft, Salz und Pfeffer würzen.

Die Tomaten klein schneiden und darüber geben, erneut würzen und mit Mayonnaise garnieren.

Knüller-Tipp

Falls vorhanden schmecken hierzu ein paar abgezupfte Minzeblättchen. Petersilie geht aber auch.

Zugegeben, die bisherigen Toasts gehören bei Lichte besehen eigentlich gar nicht ins Fach der Original-Sandwich-Rezepte. Für ein echtes englisches Sandwich, so habe ich mich neulich mal in einer dieser bunten Frauenzeitschriften schlau gemacht, braucht man nämlich immer zwei gebutterte Scheiben Weißbrot. Deren Butterschicht erhält jeweils eine dünne Schicht Senf. Anschließend werden die Brotscheiben mit kaltem Puten- und Kalbsbraten belegt und anschließend schlicht wie eine ordentliche deutsche Doppelstulle zusammengeklappt. Der britannische Kick besteht also nicht nur in der – von mir verabscheuten – Senfschicht, sondern vor allem darin, dass stets zwei verschieden belegte Scheiben zusammengehören. Aber wer hat schon immer Puten- oder Kalbsbraten zur Hand? Als ich neulich abends über einem schwierigen Baurechtsfall fast verhungert wäre, sich unter meinen Vorräten aber weder Krabben noch Ananas fanden, dafür aber umfängliche Reste eines am Stand gekauften Brathähnchens vom Vorabend, habe ich festgestellt, dass etwas ältliches, kaltes und ziemlich fades Hühnerfleisch unter Verwendung von einem guten indischen Currypulver und etwas Salatmayonnaise prima »hochgesandwiched« werden kann. Es wurde, mit einer doppelten Ration Toastbrot, ein richtiges rundes Abendbrot!

Toast mit Curryhuhn

100 g gekochtes oder gegrilltes Hühnerfleisch
½ TL Curry-Gewürzpulver
60 g Salatmayonnaise
1 TL Zitronensaft
2 Scheiben Toastbrot
2 EL Butter
2 Salatblätter
1 Apfel

Das Hühnerfleisch in kleine Stücke schneiden. Falls es eiskalt aus dem Kühlschrank kommt, in einer angewärmten Pfanne mit wenig Fett auf eine dem Gaumen angenehme Temperatur bringen und dann in die mit Curry gewürzte Mayonnaise geben.

Das Ganze umrühren und mit dem Zitronensaft gut abschmecken.

Das geröstete Weißbrot mit Butter bestreichen und darauf ein gewaschenes, abgetropftes Salatblatt legen. Den Apfel in feine Scheiben schneiden und auf das Salatblatt legen. Obenauf kommt das Hühnerfleisch in der Currymayonnaise.

Bei Lichte besehen passt eigentlich fast alles an Fleisch, Fisch, Käse usw. zu frisch geröstetem Toast. Es muss auch nicht immer Fleisch dabei sein! Falls du also inzwischen dank Christine zum Vegetarier mutiert sein solltest und es ablehnst, deine Freunde zu verspeisen, werden dir meine kressegrünen Champignons auf Toast und vor allem die Käsekrustel gut gefallen. (Sind allerdings etwas arbeitsaufwendiger.)

Champignons auf Toast

2 Tomaten
200 g frische Champignons
1 kleine Schalotte
1 EL Butter
oder Pflanzenmargarine
1 TL Zitronensaft
Salz
gemahlener schwarzer Pfeffer
Knoblauchpulver
heller Saucenbinder
½ Kästchen Gartenkresse
2 Scheiben Toast
2 EL geriebener Parmesankäse

Die Tomaten (falls gewünscht) überbrühen und die Haut abziehen, danach in Würfel schneiden.

Die Champignons waschen, putzen und in Scheiben schneiden.

Die Schalotte schälen, hacken und zusammen mit den Champignonscheiben in der Butter oder Margarine andünsten. Dann die Tomatenwürfel dazugeben und weitere 5 Minuten dünsten.

Nun mit einigen Tropfen Zitronensaft, Salz, Pfeffer und Knoblauchpulver würzen. Sollte beim Dünsten zu viel Flüssigkeit entstanden sein, diese mit etwas hellem Saucenbinder andicken.

Die Kresse abbrausen, abschneiden und unter die Pilze mischen. Die Toastscheiben rösten, die Pilzmasse darauf verteilen und den Parmesankäse darüber streuen. Sofort servieren.

Käsekrustel

1 frisches Ei
2 EL Milch
2 Scheiben Toastbrot
2 EL Semmelmehl
2 EL geriebener Käse
4 EL Butter
oder Pflanzenmargarine

Das Ei mit der Milch verquirlen. Das Toastbrot darin wenden bis alle Flüssigkeit aufgesogen ist. Anschließend in dem mit Semmelmehl vermischten Käse panieren.

Das Fett in der Pfanne erhitzen. Die Toastbrotscheiben hineingeben und auf beiden Seiten goldbraun backen.

So, mein Lieber, hoffentlich ist dir mit derlei handfesten bis knusprigen Angelegenheiten, die man frühmorgens, aber letztlich auch zu jeder anderen Stunde des Tages vertragen kann, ein wenig geholfen. So richtig warme Frühstücksküche ist das allerdings nicht. Besonders, wenn man so wie ich des Morgens ewig friert. Ja, ja, ein paar Kniebeugen am geöffneten Fenster tun Wunder für den Kreislauf. Aber du weißt ja, so bin ich nicht gestrickt. Statt Frühsport habe ich lieber etwas richtig Heißes, um mich von innen zu wärmen. Derzeit muss da ein Topf mit brühendheißem Kaffee herhalten. Allerdings nimmt mein Kaffeekonsum schon tagsüber tadelnswerten Umfang an, man könnte ja mal morgens mit etwas anderem ein-

steigen. Du hattest doch in unserer frostigen Berliner Hinterhofzeit manchmal so angenehme Frühsüppchen drauf, gibt's die noch? Ich erinnere mich an eine mustergültig klare Bouillon mit irgendeinem raffinierten Eierstich und eine wunderbar sahnige Tomatensuppe.

Was meine küchentechnischen Möglichkeiten dabei angeht: Ich werde mitnichten deinem Rat folgen und meinen Herd herausreißen (der übrigens sowohl über eine Ceranfläche, als auch über zwei Erdgasflammen verfügt). Der wurde nämlich in besagter Edelstahlküchenzeile fest eingebaut. Und außerdem: Ich putze – ökologisch korrekt! – mit Küchenkrepp, Lappen und Essigwasser. Natürlich mit der Betriebsanweisung für die Cerankochplatte in der Hand …

So viel für heute. Lass es dir gut gehen und lass von dir hören.

Rieke

Bouillon und andere Magenwärmer

Liebe Ulrike,

deine Toastvariationen haben mich wirklich vorübergehend wieder zu Kräften kommen lassen. Und mehr als das: Ganz unvermutet habe ich entdeckt, dass es Spaß macht, verschiedene Varianten auszuprobieren. Ich habe zuletzt eine Dreiviertelstunde in meiner Küche zugebracht und durch die Scheibe meiner Backröhre zugeschaut, wie der Käse beim Ananas-Toast langsam vom Brot auf das untere Blech tropfte. Es war gerade wieder Wochenende und im Fernsehen das übliche Nervprogramm auf 25 Kanälen; dem gegenüber bot das Garen eines Käsetoasts eine geradezu atemberaubende Spannung. So weit, so gut.

Dann aber habe ich den Toast Nordfriesland so lange variiert, bis ich mich von den Nordfriesischen Inseln quer durch Jütland bis zum Skagerrak durchgearbeitet hatte. Bildlich gesprochen. In meiner Küche sieht's auch aus wie nach einer Seeschlacht. Immer nur bildlich gesprochen. Ich habe nämlich statt des Krabbenfleischs, das mir ausgegangen war, nacheinander alles ausprobiert, was ich an Fischkonserven noch im Schrank hatte. Die Krönung bildeten zuletzt die Rügener Heringshappen mit Dillsauce. Du glaubst gar nicht, was Ananas, Hering, Dillsauce und schwarzer Pfeffer für eine brisante Mischung bilden, besonders wenn man noch einen Zweig Minze hinzufügt. Das war überhaupt mein kulinarischer Bretterknaller der Woche. Ich versuche seitdem, mich davon zu erholen, und ich verspreche dir, mich künftig genauer an deine Rezepte zu halten. In meiner Küche war ich seit drei Tagen nicht mehr. Irgendwann muss ich mal die alten Fischdosen entsorgen …

Mein zeitweiliges Unwohlsein hatte zur Folge, dass ich deine Frage nach den leckeren Suppen nicht eher beantworten konnte. Und auch heute muss ich dich um Verständnis bitten, dass Fischsuppen in meinen Empfehlungen nicht vorkommen werden.

Meine Bouillon interessiert dich also. Das Beste ist gerade gut genug für so einen kalten Hamburger Morgen, meinst du. Bedenke bitte: Diese klare Suppe im Teller verrät wenig über die Mühen, die man für sie aufwenden muss. Was, glaubst du, habe ich an den vielen einsamen Abenden getrieben, an denen du dich in deinen Repetitorien um der Paragraphenweisheit letzten Schluss bemüht hast? Ja sicher, nachher stand der riesige Topf mit klarer Rinderbrühe da. Und ich konnte für das eine oder andere Süppchen eine Portion davon abzweigen. Du hast sie – wortkarg, blass und abwesend – runtergelöffelt wie eine beliebige Brühwürfelkreation und bist wieder losgestürzt in Richtung Universität. Dabei steckte wirklich Liebe drin.

Na gut, vergessen wir's. Also, ich warne dich: Hinter der harmlosen Anweisung »man koche aus Rinderknochen, Suppenfleisch und Suppengrün eine Fleischbrühe« verbirgt sich eine lange und schweißtreibende Küchenkampagne.

Das geht beim Fleischer los: Lass dir nicht irgendwelchen Abfall als so genanntes Suppenfleisch andrehen. Am besten nimmst du ein gutes, kräftiges Stück Rindfleisch aus der Keule, dem Schwanzstück, oder verlange einfach Roastbeef mit Knochen, da hast du ein anständiges Stück Fleisch mit der richtigen Sorte Gebein. Extraknochen brauchst du ebenfalls, rund wird die Sache, wenn du einen guten Markknochen und einige kleinere Brühknochen verlangst. Du solltest dieses Programm vor der Ladentheke mit ernster Miene und ohne zu stocken runterschnurren, dann hält dich die Fleischermamsell für einen Küchenprofi und wagt es erst gar nicht, dir zu altes Fleisch oder gesplitterte Knochen anzudrehen.

Wenn du mit der Kocherei beginnst, achte darauf, dass Fleisch und Knochen Zimmertemperatur haben. Das ist wichtig, damit sich nachher im Wasser die Poren rasch schließen und das Fleisch nicht zu viel Eiweißteile an das Kochwasser verliert. Dann würde dir die Brühe nämlich grau und trüb geraten statt goldklar. Alle diese Weisheiten stammen übrigens von Oma Bella. Erinnerst du dich an unsere heitere (manchmal etwas angeheiterte) Hinterhausnachbarin, mit dem durch alle Wände dringenden Raucherhusten? Sie kam doch hin und wieder rüber, um sich Zigaretten zu borgen und kommentierte meinen ersten Bouillonversuch, als der gerade mächtig schäumend aus dem Ruder zu laufen drohte.

Weiter wäschst du Fleisch und Knochen gut ab und lässt sie auf einem flachen Teller abtropfen. Inzwischen setzt du den größten Topf deiner Superküche auf die Kochplatte und gießt ausreichend kaltes Wasser hinein. (Etwa doppelt so viel Wasser, wie Fleisch und Knochen zusammen ausmachen, nimm lieber etwas mehr als zu wenig. Auf jeden Fall müssen Fleisch und Knochen völlig darin verschwinden und später kommt ja noch das Suppengrün dazu. Das Fleisch muss während des gesamten Kochvorganges stets völlig vom Wasser bedeckt sein, sonst wird es zäh!)

Also jetzt: Herd auf höchste Heizstufe stellen, Fleisch wird vorsichtig in das kalte Wasser gelegt und sämtliche Gewürze samt dem Salz, aber noch ohne Suppengrün, darüber gestreut. Wenn alles ordentlich kocht, steuerst du einen der ganz heißen Momente der Brüheherstellung an: das Abschäumen. Lass dich nicht von der üblichen Kochbuchansage einlullen, dass eine ordentliche Bouillon mindestens drei Stunden Kochzeit brauche. Falls du nämlich jetzt einen Deckel auf den Topf stülpst und unter deine Aktenberge verschwindest, um dich mit Rechtsstreitigkeiten von Zuhältern und Mafiamorden zu beschäftigen, wird dich kurz darauf ein Zischen, Klappern und Scheppern an den Ort des Geschehens zurückrufen.

Solltest du dich tatsächlich auf eine echte Bouillon einlassen, so verinnerliche die Grundregel: Das Kochen von Fleischbrühe wird prinzipiell ohne Deckel begonnen. Die Brühe, exakter gesagt, das aus Fleisch und Knochen durch die Hitze freigesetzte Eiweiß, schäumt im Moment

des ersten Aufkochens und danach noch etliche Male. Bewaffne dich also mit einer Schaumkelle (sieht breit und flach aus, mit Löchern; hat deine Mutter bestimmt mit zur Kücheneinrichtung gelegt) und stell den Teller, in dem vorher das Fleisch abtropfte, dicht neben den Herd. Natürlich kannst du ebensogut einen frischen Teller oder irgendeine Schale dazu nehmen. Du hast ja eine Geschirrspülmaschine. Ich habe keine und trachte also danach, den Abwasch möglichst zu minimieren. Außerdem brauchst du noch irgendein kleineres Gefäß (Tasse) mit eiskaltem Wasser. Nun kommt's: Die Brühe beginnt zu brodeln, Schaum steigt hoch, du löffelst blitzschnell etwas kaltes Wasser hinein (um das Brodeln zu dämpfen), schöpfst den Schaum ab, wartest auf die nächste Aufwallung des Ganzen. Der nächste Schaumberg kommt bestimmt. Das Spielchen eine Weile treiben, bis die Lage, d. h. die Brühe wirklich »geklärt« erscheint. Nun kannst du langsam auf die kleinste Heizstufe herunterschalten, den Deckel auflegen und damit beginnen, das Suppengrün zu putzen. Topf immer im Auge behalten und Schaumkelle noch in Griffweite behalten, man weiß ja nie. Notfalls auch etwas heißes Wasser zugießen.

Irgendwann zeigt dir ein Blick auf die Uhr, dass die Sache jetzt etwa seit zwei Stunden köchelt. Nun ist es Zeit fürs Suppengrün. Hinein damit, köcheln lassen, Wasser- beziehungsweise Brühestand prüfen.

Am Ende wird alles durch ein enges Metallsieb gegossen. Übrig bleibt eine klare, goldgelbe Flüssigkeit, in der weder Gemüse- noch Fleischfaserchen schwimmen sollten, von irgendwelchen Knochensplittern gar nicht zu reden. Besonders wegen der letzteren solltest du die Bouillon wirklich durchs Sieb gießen und nicht nur mehr schlecht als recht Fleisch, Knochen und Grünzeug aus der Flüssigkeit herausfischen.

Bouillon oder klare Fleischbrühe

250 bis 375 g Suppenfleisch vom Rind (oder mehr)
250 g Rinderknochen (oder mehr)
Salz
2 bis 3 Körner Piment
1 Lorbeerblatt
1 Bund Suppengrün (Wurzelwerk)
2 Stängel Petersilie
1 Zwiebel

Fleisch und Knochen kalt abwaschen und mit mindestens 1 Liter kaltem Wasser, Salz, Piment und Lorbeerblatt kochen.

Suppengrün und Petersilie waschen, samt Zwiebel putzen und zerkleinern. Nach etwa 2 Stunden in die Brühe geben und noch 30 Minuten bis 1 Stunde weiter kochen lassen. Fertige Brühe durch ein Sieb gießen.

Eventuell Fleisch und Gemüse klein schneiden und wieder in die Suppe geben.

Knüller-Tipp

Sollte die Bouillon trotz aller Mühen nicht völlig klar geraten sein, bleibt ein Rettungsanker: Brühe (über Nacht) völlig erkalten lassen. Dann das oben abgesetzte Fett samt Eiweißresten mit einem Löffel abheben. Ein Eiweiß (Eiklar) mit dem Quirl oder Schneebesen gut durchrühren, in die Brühe geben, nochmals tüchtig aufkochen lassen. Anschließend die Brühe wieder durch ein Sieb gießen. Mit Sicherheit kommt eine klare Brühe heraus. Die zurückgebliebenen Eiweißreste sind leider nicht mehr zu gebrauchen.

In Kochbüchern steht üblicherweise der Hinweis, Gemüse und Fleisch wieder in die Suppe zu geben. Ich rate dir davon ab. Das Suppengrün ist eh matschig, bar jeden Vitamins und zu nichts mehr zu gebrauchen. Auch das ausgekochte Suppenfleisch ist nicht jedermanns Geschmack. Bei uns zu Hause aß man die Suppe klar mit ganzen Kartoffelstückchen; ich glaube man nennt es Brühkartoffeln. Mein Vater bestand darauf, dass es mindestens einmal in der Woche diese klare Kartoffelsuppe gab. In der schwamm dann – je nach Jahreszeit und aktueller Vorratslage – auch mal eine Hand voll Möhren (ich glaube, man sagt jetzt Karotten dazu) oder die restlichen Strünke vom Wurzelwerk, auf jeden Fall aber immer reichlich Suppenfleisch, das ich gar nicht mochte, weil es entweder fett, zäh oder ausgekocht war (oder alles zusammen). Ich fing mir regelmäßig eine erzieherische Maßnahme ein (vor der Epoche der »political correctness« hätte man schlicht und wahrhaftig Ohrfeige dazu gesagt). Das hat nun zur Folge, dass ich mich dem Genuss von Brühkartoffeln nicht mehr ganz unbefangen hingeben kann.

Zurück zum Umgang mit der langwierig hergestellten Brühe: Mein Rat ist, Grünzeug und Knochen ohne Reue in der politisch korrekten Tonne verschwinden zu lassen: Grünzeug im Biomüll, Knochen im Restmüll. Beim Fleisch solltest du dich der Mühe unterziehen, alles Fettige, Knorplige, Sehnige großräumig abzuschneiden und das verbliebene Rinderkochfleisch in kleine Stücke zu teilen. Die kannst du dann entweder in die Bouillon zurücklegen (was gegen die Ursprungsvorschrift wäre) oder für irgendetwas anderes verwenden. Viel wichtiger ist, womit du die Brühe kombinierst. Mit Reis kann jeder. Von Nudeln würde ich abraten, weil durch das Mehl der Teigwaren die Brühe wieder trübe wird. (Wenn es unbedingt Nudeln sein müssen, dann bitte separat in Salzwasser gar kochen und erst kurz vor dem Servieren in die Brühe geben.) Zu meinen persönlichen Favoriten an Suppeneinlagen gehört der Eierstich in all seinen Variationen. Backerbsen sind auch ganz pfiffig, Semmel- und Fleischklößchen angenehm nahrhaft. Ehrlicherweise möchte ich hinzufügen, dass ich dies alles zu Hause bei Muttern gerne löffelte, aber außer dem Eierstich, an den du dich erinnerst, noch nichts dergleichen selbst verfertigt habe. Mutter hat mir die kleinen Rezepte angesagt und hinzugefügt, sie bedauere es sehr, dass alle diese klassischen Suppeneinlagen aus der Mode gekommen sind. Sie sehe aber ein, dass gestresste Bürger wie ich kaum Lust hätten, drei Stunden lang eine echte Bouillon zu köcheln. Ich gebe dir die Rezepte einfach mal so weiter.

Eierstich

2 Eier
⅛ l Milch
Salz
Muskat
1 TL Fett

Die Eier mit der Milch verquirlen und mit Salz und Muskat würzen.

Ein kleines, hitzefestes Gefäß mit dem Fett ausstreichen, die Eimasse hineingießen und mit einem Deckel oder Alufolie verschließen.

Im Wasserbad zugedeckt langsam stocken lassen. Das Wasser darf nicht kochen. Aufpassen, dass kein Wasser aufs Ei kommt.

Den Eierstich nach etwa 20 Minuten aus dem Wasserbad nehmen, vorsichtig aus dem Gefäß lösen, stürzen und in kleine Stücke schneiden. Diese für spätere Verwendung im Kühlschrank aufbewahren oder ggf. sofort in die Brühe geben.

Variation

Kräutereierstich

Zubereitung wie oben. Statt Muskatnuss je 1 EL fein gehackte Kräuter, fein geriebenen Käse und ein Blättchen fein gehackten Spinat (Tiefkühlspinat sehr gründlich abtropfen lassen) in die noch flüssige Masse geben. Dann stocken lassen. Dieser Eierstich schmeckt besonders würzig.

Variation

Tomateneierstich

Zubereitung wie oben, aber statt Milch und Muskatnuss 1 TL feines Tomatenmark zur Eimasse geben. Der Eierstich wird dadurch rot gefärbt.

Fleischklösschen

½ kleine Zwiebel
1 TL Petersilie
1 TL Butter
65 g Rinderhack
1 frisches Eigelb
1 EL Semmelbrösel
Salz
gemahlener schwarzer Pfeffer

Die Zwiebelhälfte schälen und sehr fein hacken. Die Petersilie waschen und fein hacken. Die Butter auslassen.

Das Hackfleisch mit dem Eigelb, den Zwiebelstückchen, den Semmelbröseln, der Petersilie sowie der ausgelassenen Butter, etwas Salz und gemahlenem Pfeffer zu einem gut formbaren Teig verarbeiten und kräftig abschmecken.

Mit angefeuchteten Händen kleine Klößchen formen und in die siedende Fleischbrühe gleiten lassen. Sie sind nach knapp 10 Minuten gar.

Semmelklösse

2 EL Butter oder Margarine
1 frisches Ei
½ TL geriebene Muskatnuss
50 g Semmelmehl
Salz

Das Fett schaumig rühren und mit Ei, Muskat und Semmelmehl zu einem geschmeidigen Teig mischen.

Mit Salz abschmecken, 30 Minuten ruhen lassen, dann zu Klößchen formen und in kochendes Salzwasser geben.

Wenn die Klöße an die Oberfläche kommen, mit dem Schaumlöffel herausnehmen.

Backerbsen

60 g Mehl
1 frisches Ei
1 TL kaltgepresstes Öl
Salz
Frittierfett oder Öl

Mehl, Ei, Öl und 1 bis 2 EL Wasser mit Salz gut verrühren, bis ein dickflüssiger Teig entsteht.

Fett oder Öl im Topf oder in der Fritteuse erhitzen.

Den Teig durch ein Sieb oder einen Schaumlöffel ins heiße Fett tropfen lassen, sodass sich kleine, knusprige goldgelbe Teigbällchen bilden.

Mit dem Schaumlöffel herausnehmen und auf Küchenkrepp abtropfen lassen.

Die Backerbsen erst kurz vor dem Anrichten in die Fleischbrühe geben. Vorsicht: Sie weichen sehr schnell durch.

»Was wurde eigentlich damals aus dem Suppenfleisch?«, wirst du mich fragen. Tja, Rikje, ehrlich gesagt, ich weiß es nicht mehr. »Und was soll ich nun mit dem Zeug machen?« Ich würde es für ein Rezept verwenden, nach dem du mich nicht gefragt hast, das ich aber hier im östlichen Teil unseres vereinigten Vaterlandes kennen und

schätzen gelernt habe. Auf meinem Rezeptblatt findest du die Anweisungen für die echte Fleisch-Soljanka. Das faszinierendste an dieser Suppe ist, dass man sich um die Zutaten nicht weiter zu scheren braucht und alles in den Topf schmeißen kann, was gerade übrig ist und weg muss. Wichtig ist, dass Salzgurken, Tomatenmark, Zitrone und saure Sahne immer dabei sind. Ansonsten kann man auch Hammelfleisch dazugeben, oder eine reine Gemüse-Soljanka aus Kohl, Karotten und Petersilienwurzeln herstellen. Oder, wie ich es tue, die nicht mehr ganz frischen Wurstreste anbraten und ab in den Topf damit. Natürlich gibt's auch eine Fisch-Soljanka …

Fleisch-Soljanka

(für 4 Personen)

500 g Suppenfleisch
1 Bund Suppengrün (Wurzelwerk)
2 Zwiebeln
1 EL Butter oder Margarine
2 EL Tomatenmark
500 g gekochte oder gebratene Fleischwaren
4 Salzgurken
2 Tomaten
1 EL Kapern
1 Lorbeerblatt
1 TL Salz, ½ TL Pfeffer
1 Becher saure Sahne
4 Zitronenscheiben
Petersilie oder Dill

Aus dem Suppenfleisch und dem Suppengrün eine Fleischbrühe kochen. Wem das zu aufwendig ist, der greife einfach zur Instantbrühe.

Zwiebeln würfeln und in Fett goldgelb anbraten, dann das Tomatenmark hinzugeben und weiter dünsten. Dabei etwas Fleischbrühe zugießen.

Die Fleischwaren (Braten, Kochfleisch, Schinken, Würstchen, Salami o. Ä.) in kleine Stücke schneiden und zu den gedünsteten Zwiebeln geben.

Salzgurken und Tomaten waschen und in Scheiben schneiden und zusammen mit Kapern, Lorbeerblatt, Salz und Pfeffer zu dem Fleisch geben. Mit Brühe auffüllen und ca. 10 Minuten auf kleiner Flamme kochen.

Soljanka wird auf dem Teller mit saurer Sahne und einer Zitronenscheibe serviert. Gehackte Petersilie oder Dill darüber streuen.

Knüller-Tipp

Wer es weniger flüssig schätzt, kann eine entsprechende Portion Sauerkraut mit Fleischbrühe, Salzgurken und Tomatenmark andünsten, mit Fleisch in eine Pfanne geben und überbacken.

Vielleicht kommt dir meine Soljanka-Euphorie etwas merkwürdig vor, aber diese Suppe entspricht vollkommen meinem Naturell: Der Aufwand ist überschaubar; die Zubereitungszeit knapp zu kalkulieren; man muss nicht extra einkaufen gehen, sondern verwendet grundsätzlich die Reste, die man im Haus hat; die Handgriffe bei der Zubereitung werden mehr und mehr automatisiert – und trotzdem erlebt man jedes Mal eine Überraschung. Denn das ist die Philosophie dieser Speise: Man wird im Leben keine zwei Suppen zusammenbrauen, die gleich schmecken. Und – was mir meine brandenburgischen Lehrerkollegen beigebracht haben, seit ich hier aushelfe – man wird keine zwei Gasthöfe finden, die eine gleichartig schmeckende Soljanka produzieren. Solltest du also auch einmal probieren! Achte bitte darauf, dass der Topf nicht zu klein dimensioniert ist. Von der Soljanka soll man immer ein bis zwei Teller mehr zubereiten, als man mit besten Kräften verzehren zu können für möglich hält. Nur so hat man die Gewissheit, dass von der Soljanka etwas übrig bleibt – und am besten schmeckt sie nun mal aufgewärmt am nächsten Tag. Eine Eigenart, die sie übrigens mit vielen ordentlichen deutschen Eintöpfen teilt.

Nun sollst du aber noch das erbetene Rezept für die Tomatencremesuppe bekommen. Es ist mir etwas peinlich, aber die stammte damals mit Sicherheit aus der Dose. Oder könntest du dir ernsthaft vorstellen, daß ich jemals Tomaten blanchiert und püriert hätte? Also: Man nehme irgendeine handelsübliche Dosen-Tomatensuppe (nicht Tüte, die schmeckt dann doch ein wenig zu künst-

lich), öffne sie ohne sich zu verletzen, erwärme sie in einem Kochtopf und rühre bei der Gelegenheit mindestens ein halbes Stück Butter und (jetzt kommt mein Trick) zwei, drei Löffel irgendeines im Kühlschrank auffindbaren Frischkäses mit Knoblauch-Kräuter-Aroma unter. Alles muss sich miteinander verbinden und sollte nicht anbrennen, deshalb ständig mit einem breiten Holzlöffel umrühren. Ist der Topf vom Feuer, kommt noch ein mehr oder weniger üppiger Schluck Weinbrand an die Suppe. Von dem habe ich immer etwas da; für Gäste, weil ich selbst keinen trinke. Bei dir dürfte das etwas schwieriger sein … Während du dich über diese meine kleine Unverschämtheit ärgerst, kannst du schon mal eine Scheibe Toastbrot in kleine Würfel schneiden und in einer Pfanne mit etwas heißer Butter goldgelbbräunlich rösten, um anschließend die Suppe mit diesen knusprigen Würfeln zu bestreuen.

Meine liebe küchenfeindliche Freundin, bin ich ein Superkoch? Kalorienzählen darf man hier natürlich nicht …

Übrigens kann ich mich erinnern, dass du seinerzeit – weil oft genug morgens weder Brot noch Brötchen bei uns aufzufinden waren – auf die Verfertigung knuspriger Eierkuchen verfallen bist. Gibt's die bei dir noch oder sind sie auch deiner Aufstehhektik zum Opfer gefallen?

Herzlich

John

PS: Falls du gerade den Ehrgeiz entwickelst, eine echte frische Tomatencremesuppe zu verfertigen, lege ich das Rezept bei. Es fand sich in meinem Zettelkasten.

TOMATENCREMESUPPE

500 g Tomaten
1 frisches Eigelb
2 bis 3 EL Sahne
oder Crème fraîche
einige Stängel frischer Dill
2 EL Butter
2 EL Mehl
¼ l kalte Rindfleisch- oder
Gemüsebrühe (notfalls
Instantbrühe verwenden)
Salz
gemahlener schwarzer Pfeffer
evtl. Speisewürze
1 TL Zitronensaft

Tomaten kurz mit kochendem Wasser überbrühen (im Küchenjargon »blanchieren«), häuten, dann »pürieren«, also entweder irgendwie mit dem Löffel zerstampfen oder (eleganter) durch ein Metallküchensieb rühren oder (clever) im elektrischen Mixer zerkleinern.

Eigelb und Sahne in einer Tasse sorgfältig miteinander verrühren und beiseite stellen. Dill waschen und klein hacken.

In einer Kasserolle die Butter schmelzen bis sie braun zu werden beginnt (mittlere Hitze), mit dem Mehl und ¾ der Brühe eine helle Grundsauce herstellen. Mit der restlichen Brühe und den pürierten Tomaten verdünnen, bis eine dickliche Suppe entsteht.

Aufkochen, vom Feuer nehmen, das Eigelb-Sahne-Gemisch unterrühren, zuletzt die Suppe mit den Gewürzen, der Zitrone und dem Dill abschmecken.

Knüller-Tipp

Nach diesem Grundrezept können auch Cremesuppen aus Champignons, Spargel, Blumenkohl usw. gekocht werden. Wichtig: die jeweiligen Gemüse immer sehr klein schneiden, weich kochen/dünsten/blanchieren und pürieren, damit alle harten Teile entfernt werden. Bei den Gewürzen ein wenig Fantasie entwickeln: Muskatnuss passt zu Blumenkohl, Basilikum zu Champignons, Estragon zu Spargel usw.

Eierkuchen-Sonnen

Lieber John,

deine Suppenrezepte klangen ja alle ausgesprochen interessant, müssen aber auf ihre Realisation noch ein wenig warten. Nicht, weil hier gerade die Fleischer streiken würden, sondern weil ich derzeit einer völlig anderen Leidenschaft fröne. Nein, ich habe nicht den Chefkoch aus dem Kempinski verführt, ich bin nur deiner/meiner Erinnerung gefolgt: Du wirst es nicht glauben, an meinem Himmel ist eine strahlende Eierkuchen-Sonne aufgegangen. Das war wirklich ein heißer Tipp! Und so einfach: Inzwischen wiege ich nicht einmal mehr die Zutaten ab. Ich schlage mir schlicht zwei Eier in den scheußlichen handbemalten Keramikkrug, den mir Tante Anneliese seinerzeit schenkte und den ich aus Pietät von einer Schrankecke in die nächste räumte, aber nicht fortzuwerfen wagte. Jetzt tut das Ding gute Dienste, weil er innen gerundet ist (da hat das Mehl beim Verrühren keine Chance zusammenzuklumpen) und außerdem hoch genug, dass selbst bei höchster Drehzahl des Elektrorührers nichts überschwappt. Überhaupt werde ich deinen Rat in puncto Größe eines Suppentopfes beherzigen und ausbauen. Es ist doch wirklich sinnvoll, für jeden Arbeitsgang stets größere Teller, Schneidebretter, Kochtöpfe oder eben

Rührgefäße zu benutzen als angesichts der Lebensmittelmenge eigentlich notwendig erscheint: Verfährt man so, bleiben Arbeitsplatte und Herd sehr viel sauberer. Und der Spülmaschine ist es egal, ob ich den hohen Krug oder – wie bei meinen ersten Versuchen – die viel zu flache Schüssel hineinstelle.

Doch zurück zu den Eierkuchen-Sonnen: Zu den zwei aufgeschlagenen Eiern (die genügen mir für ein passables Frühstück) kommen zwei gut gehäufte Esslöffel Mehl und einfach ein kleiner »Schluck« Milch. Ist keine da, geht es auch mit Mineralwasser, bei manchen Versionen bringt Bier ein tolles Aroma. Das Ganze wird – erst etwas langsamer, dann schnell – zu einem mehr oder weniger flüssigen Teig verrührt. Soll's dünner werden, kommt noch ein Schluck Milch oder Wasser hinzu; soll's dicker werden, so in Richtung norddeutscher Pfannkuchen, kommt noch ein Löffel Mehl in die Rührschüssel. Meine – optisch nicht immer so attraktiven – Selbstversuche zeigten: Dünne Teige ergeben auch dünne und knusprige Eierkuchen, bei denen allerdings die Gefahr besteht, dass sie beim Wenden in der Pfanne zerreißen. Dicke Teige sind nahrhafter und besser zu handhaben, können aber in der Mitte etwas pappig bleiben. Mutter hat mir empfohlen, zu Anfang der Eierkuchenproduktion zunächst Eiweiß und Eigelb zu trennen, das Eiweiß zu festem Schnee aufzuschlagen und erst zum Schluss unter den fertigen Teig aus Eigelben, Mehl, Milch/Wasser zu rühren (Küchendeutsch: »unterheben«). Dann geriete der Eierkuchenteig massiger und würde trotzdem völlig

durchbraten. Also ehrlich, John, die Zeit habe ich morgens nicht. Bei mir werden die Eierkuchen einfach etwas dünner, aber dafür garantiert knusprig. Muss wahrscheinlich jeder für sich selbst ausprobieren.

Übrigens habe ich bei der Gelegenheit endlich begriffen, was ich bisher nur für eine blumige Stilübung von Speisekarten-Verfassern hielt: Es gibt doch einen Unterschied zwischen »Crêpes« und »Eierkuchen«. Wusstest du, dass dort, wo die in heißem Fett ausgebackenen Pfannkuchen »Berliner« heißen und somit der in Berlin und Brandenburg benutzte Begriff der »Pfannkuchen« frei ist, folgerichtig »Eierkuchen« als »Pfannkuchen« bezeichnet werden? Der Unterschied besteht einfach im wechselnden Verhältnis von Mehl zu Eiern: Für die Eierkuchen/Pfannkuchen kann ein Löffelchen mehr Mehl nicht schaden. Kommt dagegen in so einem Teig das Mehl nur als Spurenelement vor, und ist dafür etwas mehr Milch oder Mineralwasser drin, so steuert man auf die hauchdünnen Crêpes zu. Und Omelett heißt die Sache, wenn der goldbraune Knusperkreis überhaupt nur aus aufgeschlagenem Ei und ganz wenig Milch oder Wasser zusammengerührt wird.

EIERKUCHEN

(Grundrezept)

6 EL Mehl
¼ l Milch oder Mineralwasser, evtl. auch Bier
2 frische Eier
Salz oder Zucker
4 EL Butter oder Pflanzenmargarine oder kaltgepresstes Öl

Das Mehl in eine Schüssel geben, die Flüssigkeit hinzugeben und mit dem Schneebesen zu einer glatten Masse verarbeiten, dann Eier hineinrühren. Salzen oder zuckern und gut durchschlagen. Der Teig muss dickflüssig sein.

Das Fett in einer Pfanne erhitzen, den Teig hineingeben und gleichmäßig verlaufen lassen.

Eierkuchen goldgelb backen. Vor dem Umdrehen (mit breitem Pfannenwender) etwas Bratfett zugeben und die zweite Seite ebenfalls goldgelb werden lassen.

OMELETT

(Grundrezept)

3 frische Eier, Salz
2 EL Butter oder Margarine oder kaltgepresstes Öl

Eier mit einem Schneebesen schaumig rühren (bei Geschick genügt dafür eine Gabel), mit etwas Salz abschmecken.

Weiter wie beim Eierkuchen, aber: Ein richtiges Omelett soll innen weich sein und wird deshalb nur auf einer Seite goldbraun gebacken. Also: Wenn es unten schön brutzelt und oben nicht mehr flüssig ist, das Omelett auf einen Teller gleiten lassen, füllen und zusammenklappen.

Je nachdem, wie man den Eierkuchen möchte, kann etwas Zucker (flüssiger Süßstoff geht ebenso gut) oder aber Salz und Pfeffer in den Teig gerührt werden. Und dann wäre da noch die Frage der Füllung zu klären.

Die ist vor allem wichtig, wenn die Füllung direkt mit in den Pfannkuchen eingebacken werden soll: Je größer und schwerer die Zutaten sind, umso fester sollte der Eierkuchen sein. Für zarte Schinkenstreifen oder dünne Champignonscheiben genügt ein zartes Omelett, für Apfelstücke oder Bananenscheiben solltest du schon einen dickeren Eierkuchenteig anrühren.

Gleichgültig ob ein zartes Crêpe oder ein deftigerer Pfannkuchen herauskommen soll, das oberste Gebot lautet in jedem Fall: Die Pfanne und das Bratfett (je nach Geschmack und Laune gehen Butter, aber auch neutral schmeckende Margarinesorten) müssen wirklich heiß sein. Meine ersten Versuche auf dem gerade angeschaltetem Elektroherd waren etwas klebrig und endeten alle – ein Trick meiner Mutter, siehe nachfolgendes Rezept – als Kaiserschmarren. Und so sehr liebe ich Österreich und Sissi nun doch nicht.

Übrigens kann dieser Gedanke »ach, der Herd ist noch nicht angeschaltet« ziemlich tückisch sein. Stell dir deine Exfreundin eines schönen Dienstagmorgens, schon etwas spät dran, vor, wie sie mit der einen Hand die Rührmaschine hält, mit der anderen Tante Annelieses Keramikkrug loslässt, um den Schalter der Herdplatte zu erwischen ... Krug und Eierkuchenteig machten sich selbstständig, mein Gesicht und meine Arme plus

Marmor und Edelstahl wurden von gelben Teigschlieren überzogen, der Rest landete auf den Küchenfliesen. Bloß dieser blöde Krug ging nicht zu Bruch, ansonsten war das Chaos perfekt!

Trotzdem, inzwischen habe ich den Bogen heraus. Beispielsweise ist es geschickter, beim Einfüllen des Teigs die Pfanne seitlich ein wenig hochzuheben und vorsichtig den Teig von einer Seite hineinlaufen zu lassen bis der Pfannenboden gut ausgefüllt ist. Jetzt kurz bis fünf zählen, die Pfanne anheben und mit kleinen, vorsichtigen Rüttelbewegungen arbeiten. Dann klebt der Teig nicht an und wird an allen Stellen gleichmäßig braun. Erst wenn die obere – also sichtbare – Seite völlig fest ist, sollte man das Ganze mit einem möglichst breiten Eierkuchenwender umdrehen. Hier liegt noch eine meiner Problemzonen: Einerseits muss der Eierkuchen eine gewisse Festigkeit haben, damit er beim Wenden nicht reißt, andererseits darf er auch nicht zu dunkelbraun werden oder womöglich anbrennen ... Übrigens entwickle ich keinerlei sportlichen Ehrgeiz, meine Eierkuchen durch filmreifes Hochschleudern zu wenden. Bei meinem Talent würden sie bei so einem Dressurakt ohnehin regelmäßig auf dem Fußboden und nicht wieder in der Pfanne landen. Dafür schmecken mir die Dinger einfach zu gut. Mittlerweile besitze ich zwei hölzerne Eierkuchenwender, die ich parallel ansetze, damit mir wirklich keine meiner Kreationen zerfällt. Ist die zweite Seite halbwegs angebräunt und ich habe eine Füllung, die mit gewärmt werden soll, so verteile ich jetzt die Schinkenstreifen oder Apfelstückchen auf einer Pfannkuchenhälfte und klappe mit den hölzernen Pfannkuchenwendern die andere Hälfte darüber. Wieder rasch bis fünf zählen, das Ganze noch einmal vorsichtig in der Pfanne wenden, damit wirklich alles rundum knusprig und braun ist und dann kommt mein derzeitiges Lieblingsfrühstück auf einen Porzellanteller. (Den stelle ich übrigens gleich, wenn ich die Küche betrete, auf den Heizkörper, dann ist er schön vorgewärmt und mein Eierkuchen bleibt auch beim Essen warm.)

Ist es denn so verwerflich, wenn ich von Porzellan und nicht von Papptellern essen will? Selbst mein Tankstellenshop serviert neuerdings belegte Brötchen und Kaffee in einem porzellanähnlichen weißen Service.

Jedenfalls denke ich mir jeden Morgen eine neue Eierkuchenvariante aus. Ob süß oder salzig entscheidet die jeweilige Morgenlaune: Quark kann man hineintun und Speckwürfel, vom Vorabend übrig gebliebene Geflügelleber oder Schnitzelfleischstreifen, Erbsen aus der Dose oder Champignons, frische Kräuter vom Balkon, eigentlich alle Sorten Obst, Sahnehäubchen und Zimtpuder und und und …

Eierkuchen mit Erdbeeren

Zutaten und Grundrezept *siehe S. 59.*

Dazu etwa 200 Gramm frische Erdbeeren abwaschen, putzen, vierteln und auf den fertigen Eierkuchen häufen. Mit frischer Schlagsahne ein wunderbarer Start in den Tag!

Knüller-Tipp

Ebenso geht es natürlich mit Apfelstückchen, Mandarinenspalten, Pfirsichscheiben, Heidelbeeren, Bananen usw. Oder ganz schlicht mit Marmelade oder Konfitüre. Der eine oder andere Tropfen eines passenden Likörs oder Weinbrandes lässt den Eierkuchen noch aromatischer werden.

Omelett mit Champignons

3 frische Eier
1 Dose Champignons
5 EL Butter
oder Pflanzenmargarine
4 bis 5 EL Weißwein
gemahlener schwarzer Pfeffer
Salz
4 bis 5 EL Sahne
1 frisches Eigelb
1 Zweig Petersilie

Einen leicht gesalzenen Omeletteig nach Grundrezept (siehe S. 59) zubereiten.

Die Champignons abtropfen lassen und in 1 EL Fett mit etwas Pilzsaft andünsten, dabei gut umrühren. Den Wein dazugießen und mit Pfeffer und Salz würzen.

Danach die Sahne und das Eigelb verquirlen und zu den Pilzen geben.

Die Petersilie waschen, hacken und hinzufügen; nicht mehr kochen lassen.

Das restliche Fett in einer Pfanne erhitzen und zwei Omeletts backen.

Auf die eine Hälfte des Omeletts Champignonmasse streichen, die andere Hälfte vorsichtig darüber ziehen.

Knüller-Tipp

Omeletts lassen sich hervorragend mit gewürfeltem Schinken, Geflügelleber, geriebenem Käse oder mit Krabben füllen. Einfach mit Konfitüre bestrichen und nicht zusammengeklappt, sondern aufgerollt schmecken sie ebenso gut und heißen ganz edel: »Omelette à la confiture«.

Kaiserschmarren

8 EL Mehl
¼ l Milch
3 frische Eier
Salz
Zucker
5 EL Butter
60 g Rosinen

Aus Mehl, Milch und Eiern sowie etwas Salz und Zucker wird ein besonders dickflüssiger Eierkuchenteig hergestellt (siehe S. 59) und in eine mit reichlich erhitzter Butter ausgestrichene Pfanne etwa 2 cm dick eingegossen.

Wenn der Eierkuchen auf der Unterseite gebräunt ist, wird er gewendet, mit zwei Gabeln in kleine Stücke zerrissen und mit den Rosinen bestreut.

Nochmals Butter hinzugeben und gut durchrösten.

Knüller-Tipp

Wenn ein gewöhnlicher Eierkuchen ungewollt in Stücke zerfällt, dann helfe man noch nach, suche die Rosinen von der Weihnachtsbäckerei und brate das Ganze selbstbewusst als »Kaiserschmarren« zu Ende.

Du, John, ich erreiche mit meinen Eierkuchen-Sonnen ungeahnte Höhepunkte: Letzten Sonntag habe ich mir »Crêpes Suzette« gemacht. Man denkt immer Wunder was, wenn man so einen Speisentitel auf einer Restaurantkarte liest. Ist aber auch nur ein besonders mehlarmes, hauchdünnes Eierkuchenexemplar.

Crêpes Suzette

Für die Sauce
2 Apfelsinen
½ Zitrone
30 g süße Mandeln
(gehackt oder gestiftelt)
4 EL Butter
5 EL Puderzucker
4 EL Orangenlikör

Cognac zum Flambieren

Für den Teig
3 EL Mehl
⅛ l Milch
⅛ l Mineralwasser
2 frische Eier
1 EL Orangenlikör
1 EL Apfelsinensaft
1 Päckchen Vanillezucker
4 EL Butter oder Margarine
oder kaltgepresstes Öl

Zunächst die Apfelsinen und die halbe Zitrone auspressen und ggf. die Mandeln zerkleinern.

Dann in einer hitzebeständigen größeren Form die Butter für die Sauce bei mittlerer Hitze schmelzen lassen, dabei langsam den Puderzucker, die gehackten Mandeln, den Zitronen- und den Apfelsinensaft (1 EL für den Teig aufheben!) sowie den Orangenlikör hineinrühren. Beiseite stellen.

Mit den Grundzutaten (Mehl, Flüssigkeit, Eier) plus je 1 EL Orangenlikör und Apfelsinensaft sowie dem Vanillezucker einen dünnflüssigen Teig herstellen. Jeweils nur sehr wenig Teig nach dem Grundrezept für Eierkuchen/Crêpes (siehe S. 59) im Fett hauchdünn braten. Zu Vierteln zusammenfalten.

Die gefalteten Crêpesviertel so wie sie fertig werden nebeneinander in die Form mit der Sauce legen. Wenn alle Crêpes gebraten sind, die Form noch einmal auf die Herdplatte stellen und langsam erhitzen.

Zum Schluss, am besten am Esstisch, flambieren: Den in einer kleinen Suppenkelle vorgewärmten Cognac anzünden und anschließend brennend über die Crêpes gießen.

Na gut, das verlangt etwas Zeit, eine ansehnliche feuerfeste Glas- oder Porzellanform, Sonntagslaune, innere Ruhe. Und es macht sogar auf eine ganz bestimmte Art und Weise Lust … Das gehört zwar nicht hierher; aber dann, wenn über Crêpes plus Sauce der angewärmte Cognac mit seinen blauen Flämmchen züngelt – wie das riecht! Und wie das schmeckt!

Kurzum, ich fange an, meine Küche für einen doch recht wohnlichen Ort zu halten.

Tschüsing

Ulrike

Telekomischer Dialog 1

John, bist du es?

Nein, oder doch – Ulrike???

Du musst mir helfen, ist mir peinlich, aber wenn du wüsstest, wie es in meiner Küche aussieht …

Vermutlich besser als in meiner.

Im Ernst, ich versuche gerade diese Tomatencremesuppe hinzukriegen. Tomaten sind püriert, Ei und Sahne sind verrührt, der Brühwürfel ist aufgelöst – aber es brennt an, immer wieder.

Der Brühwürfel brennt an?

Mensch John, ich habe schon ein ganzes Stück Butter verbraucht und die Tüte Mehl ist auch gleich am Ende. Eine Pfanne werde ich wahrscheinlich wegschmeißen können, die Kruste kriege ich nie wieder ab. Und in der anderen sind lauter dicke Mehlklumpen.

Ach, du meinst die Einbrenne.

Was?

Die Mehlschwitze.

Was?

Küchendeutsch: die helle Grundsauce. Pass auf: Du hast den Stieltopf, der bei euch Kasserolle heißt, ja? Jetzt die Butter schmelzen, langsam, bis sie braun zu werden beginnt. Dann das Mehl darüber stäuben. Halt mal, du nimmst dafür wahrscheinlich vornehm einen Löffel. Nicht das ganze Mehl auf einmal in den Topf wuchten! Dann müssen es ja Klumpen werden. Nimm

Mehl zwischen die Finger und streu es aus. Rühren!
Womit rührst du eigentlich?
Mit einem Holzquirl, aber der verklebt total.
Komisch, bei mir nie. Aber versuch's mit einem Rührlöffel oder mit einem Schneebesen. Schön ruhig, aber andauernd rühren. Bis es eine gelbbräunliche Masse (ohne Klumpen) ergibt. Die Masse muss ein wenig braten, darf aber nicht am Boden des Topfes anbrennen.
Das ist ja das Problem.
Keine Panik, wer beim Kochen Herzrasen kriegt, der macht was falsch. Rühren, und dann kippst du zuerst ganz wenig kalte Brühe darüber und rühren, rühren, rühren.
John, ich glaube, ich muss jetzt neue Brühwürfel auflösen.
Mädchen, warum hast du das nicht vorher …
John, es brennt schon wieder an. Ich hasse Küchenarbeit! – Schitt, mein Akku ist gleich leer! John, ich muss jetzt ganz schnell sprechen. Kannst du mir ein paar unkomplizierte Salatrezepte schicken? So »quer durch den Gemüsegarten, aber trotzdem mit Geschmack«? Du bist doch jetzt ans Ökologisch-Korrekte angeschlossen. Tschüsing nach Brandenburg, ich leg auf.

Helle Grundsauce

2 EL Butter
oder Pflanzenmargarine
2 EL Mehl
⅛ l Fleisch-
oder Gemüsebrühe
⅛ l Milch oder Sahne
Salz
gemahlener schwarzer
Pfeffer

Das Fett in einem Topf zerlassen, aber nur ganz zart bräunen.

Das Mehl hineinstreuen und mit dem Schneebesen o. Ä. rühren, bis sich das Fett mit dem Mehl zu einer hellen Schwitze verbindet.

Unter ständigem Rühren erst langsam die Fleisch- oder Gemüsebrühe, dann die Milch oder Sahne zugießen. Mit Salz und Pfeffer würzen. Langsam etwa 5 Minuten kochen lassen und dabei ständig rühren.

Quer durch den Gemüsegarten

Liebe Ulrike,

blankes Entsetzen, das muss ich dir noch sagen, löste bei mir deine These aus, flüssiger Süßstoff eigne sich in irgendeiner Weise zur Eierkuchenproduktion. Nach meiner unverrückbaren Meinung ist Süßstoff zum menschlichen Verzehr etwa so geeignet wie bombenreines Reaktorplutonium. Ich kenne, liebe Exfreundin (immerhin hast du, euphorisiert vom Eierkuchen, zugegeben, dass du mal mit mir befreundet warst und nicht mit meiner Frühstück bereitenden Mutter), deine Neigung, sogar den Morgenkaffee mit Süßstoff zu versauen. Wie alle diätwütigen Frauen sparst du auf diese Weise zwei bis drei Stück Zucker am Tag. Aber irgendwann kannst du dem Heißhunger auf Süßes nicht widerstehen und haust dir drei bis vier Berliner/Pfannkuchen rein.

Du kannst zwar deine Geschmacksnerven mit Süßstoff überlisten, aber nicht deinen Verdauungstrakt. Wenn der Körper nach Süßem schreit, will er Zucker; und wenn du ihn mit Süßstoff betrügst, kannst du sicher sein, dass er sich irgendwie dennoch seinen Zucker besorgt. Unter Umständen holt er sich dann gleich noch eine größere Portion Fett mit rein. So, jetzt hast du erst mal dein Fett weg.

Ich habe übrigens auch schon gehört, dass es in unserem vereinigten Vaterlande Gegenden geben soll, in denen der Pfannkuchen höchst albernerweise »Berliner« genannt wird. Hat Kennedy das eigentlich gewusst, als er vor dem Schöneberger Rathaus den bemerkenswerten Satz sprach: »Ich bin ein Berliner«?

Übrigens soll wegen einer missverständlichen Lebensmittelbezeichnung ja auch Kennedys Besuch in Hamburg ausgefallen sein – man stelle sich vor, der Präsident der Vereinigten Staaten von Amerika verkündet: »Ich bin ein Hamburger!«

Wenn ich jetzt anfüge, dass in jeden Hamburger ein Salatblatt gehört, und anschließend damit fortfahre, Salatrezepte aufzuschreiben, würde ein erfahrener Fernsehmoderator dieses eine »Brücke« nennen. Du hältst es wahrscheinlich wieder nur für eine »ganz blöde Idee«.

Danke übrigens für deinen Anruf, dessen ganze Tragweite ich erst jetzt nach und nach begreife. Du fragst mich, wie du zu einem schmackhaften Salat kommst? Du fühlst dich wieder mal nicht schlank genug? Salate zum Omelett? Oder statt Omelett? Oder was?

Abgesehen davon, dass mich unser Telefonat – immerhin die ersten Worte seit Jahren, die wir direkt miteinander gewechselt haben – in eine angenehme Stimmung versetzte, die mich daran hinderte, auf deine zauberhafte Anmutung direkt und unmittelbar ablehnend zu reagieren, verstehe ich von Salaten gar nichts. Da ich dir nun aber leichtfertig versprochen hatte, mich darum zu kümmern, will ich mich dieser Pflicht auch entledigen.

Allerdings mit der Einschränkung: alles nur vom Hörensagen. Die einfachste Art, zu einem schmackhaften Salat zu kommen, ist, beim Italiener anzurufen und sich eine große Portion anliefern zu lassen. Dass du darauf selber gekommen wärst, setze ich voraus.

Vielleicht kann ich dir vorab mit einigen Tipps meiner Mutter, die sie von ihrer Mutter, welche sie wiederum von ihrer Mutter … dienen. Wusstest du, dass welker Salat wieder knackig werden soll, wenn man in das Waschwasser einen Esslöffel Zucker gibt? Dass man Kopfsalat am besten im Wasserbad entblättern soll, weil das dann leichter geht und die Blätter nicht reißen? Dass der gewaschene und noch nasse Salat am besten abtropfen kann, wenn man eine gestürzte Untertasse auf den Boden der Salatschüssel legt? Dass man Kopfsalat länger frisch halten kann, wenn man ihn am Wurzelende kreuzweise einschneidet und auf einen Suppenteller mit etwas Wasser legt? Musst du halt alles selber ausprobieren. Denn dass ich mir niemals selbst einen Salat zubereiten werde, ist so sicher wie die Tatsache, dass Kennedy kein Berliner war.

Während ich alle meine Papiere sichte und in meiner Korrespondenz nach Hinweisen auf leckere Salate fahnde, fällt mir auf, dass ich nicht einmal weiß, ob derzeit »Möhre«, »Mohrrübe« oder »Karotte« als Bezeichnung des nämlichen Gemüses angesagt ist. Oder gibt es zwischen Nord- und Süddeutschland – wie die Appel-/Apfel-Grenze – eine Möhren-/Karotten-Grenze? Dummer Scherz, ich weiß. Vielleicht kannst du mir dank deiner gehobenen Hamburger Kreise Aufklärung verschaffen.

Ich habe also alle meine alten und neuen Beziehungen spielen lassen, um dir die gewünschten Salatrezepte zu beschaffen. Hier folgen nun die Resultate meiner Bemühungen.

Chicoréesalat

2 Stauden Chicorée
1 EL Öl
Saft von ½ Zitrone

Chicorée putzen, waschen und abtropfen lassen; anschließend in Scheibchen oder Streifen schneiden.

Öl und Zitronensaft in einer Tasse miteinander vermischen, über den Chicorée gießen und den Salat mit zwei Gabeln oder einem Salatbesteck gut durchmischen.

Alternativ zum Zitronensaft kann man auch Quarksauce, Buttermilch- oder Joghurtsauce verwenden.

Knüller-Tipp

Der Salatgeschmack lässt sich verfeinern, wenn man zwei Scheiben Ananas, in kleine Stücke zerteilt, dazugibt.

Kopfsalat mit Mohrrüben

100 g Mohrrüben
2 Zweige Petersilie
1 Bund Schnittlauch
1 Knoblauchzehe
3 EL Öl
3 EL Essig
Salz
Pfeffer
Zucker
1 Kopf Salat
1 hart gekochtes Ei

Die Mohrrüben putzen und raspeln; Petersilie und Schnittlauch waschen und fein hacken.

Für die Sauce die Knoblauchzehe schälen und auspressen, anschließend Öl, Essig, Salz, Pfeffer und eine Prise Zucker hinzugeben.

Kopfsalat waschen, zerpflücken und abtropfen lassen.
Dann mit der Sauce gut vermischen.

Das Ei pellen und fein hacken, dann zusammen mit dem Schnittlauch und der Petersilie über den Salat streuen. Zuletzt die Mohrrübenraspel darüber geben.

Pfirsich-Sellerie-Salat

200 g Pfirsiche
Saft von 1 Zitrone
1 kleine Sellerieknolle (ca. 300 g)
2 bis 3 EL Sahne
Salz
Zucker
2 EL Weizenkeime

Die Pfirsiche mit kochendem Wasser überbrühen; nach ca. 3 Minuten die Haut abziehen, Früchte entsteinen, in Würfel schneiden und mit Zitronensaft übergießen.

Den Sellerie schälen, waschen, raspeln und unter die Pfirsiche mengen.

Sahne mit Salz und Zucker verrühren und darüber gießen.

Vor dem Servieren mit Weizenkeimen bestreuen.

Knüller-Tipp

Wer's herzhafter liebt, kann Pfirsiche durch Äpfel ersetzen. Statt Weizenkeimen können gehackte Nüsse über den Salat gestreut werden.

WINTERSALAT

(für 4 Personen oder als Vorrat)

½ Weißkohl
500 g Mohrrüben
100 g Feldsalat
2 Scheiben Weißbrot
50 g feinen Frühstücksspeck
1 Bund Schnittlauch
150 ml Apfelsinensaft
3 EL Essig
Salz
Pfeffer
Zucker
3 EL Öl

Den Weißkohl putzen, waschen, halbieren; den Strunk entfernen und den Kohl in feine Streifen schneiden. Die Mohrrüben putzen, schälen und grob raspeln. Den Feldsalat putzen, waschen und abtropfen lassen.

Das Brot in kleine Würfel schneiden. Den Speck in der Pfanne auslassen und die Brotwürfel darin rösten.

Den Schnittlauch waschen und abtrocknen, dann in feine Röllchen hacken. Eine Vinaigrette aus Apfelsinensaft, Essig, Salz, Pfeffer und Zucker mit Öl anrühren, anschließend ¾ des Schnittlauchs darunter rühren.

Weißkohl, Mohrrüben und Feldsalat mit ¾ des Specks und der Brotwürfel vermischen und die Vinaigrette darüber gießen.

Salat auf einer Platte anrichten und mit den übrig gebliebenen Brotwürfeln, Speck und Schnittlauch garnieren.

Selleriesalat

1 kleine Sellerieknolle
(ca. 300 g)
Salz
1 Apfel
1 kleine Zwiebel
Pfeffer
Zucker
3 EL kaltgepresstes Öl
Saft von 1 Zitrone
1 EL gehackter Schnittlauch

Den Sellerie schälen, waschen und in Salzwasser gar kochen. Abkühlen lassen und in feine Würfel schneiden. Kochwasser nicht weggießen!

Den Apfel schälen, entkernen und in kleine Stücke schneiden. Die Zwiebel schälen und klein hacken.

Einen Achtelliter Selleriekochwasser mit etwas Salz, Pfeffer und Zucker, Öl, Zwiebel und Zitronensaft zu einer Salatsauce verrühren.

Sellerie- und Apfelstücke mit der Sauce vermischen und 2 Stunden bei Zimmertemperatur ziehen lassen. Zwischendurch umrühren. Vor dem Servieren mit Schnittlauch bestreuen.

SCHWARZWURZELSALAT

500 g Schwarzwurzeln
Essig
Salz
2 EL Zitronensaft
½ EL Mehl
1 EL Öl
1 frisches Eigelb
½ Bund Petersilie

Die Schwarzwurzeln schälen, waschen und in etwa 4 cm lange Stücke schneiden. Stücke sofort in Essig legen (werden sonst dunkel), dann in ¼ l kochendem Salzwasser, vermischt mit 1 EL Zitronensaft, ansetzen und ca. 20 Minuten kochen. Anschließend abkühlen und abtropfen lassen.

Für die Sauce eine helle Schwitze aus Mehl und Öl ansetzen und mit ⅛ l Kochwasser aufgießen. Mit 1 EL Zitronensaft abschmecken, das rohe Eigelb hineinrühren (Küchendeutsch: »legieren«) und auskühlen lassen.

Sauce über die Schwarzwurzeln gießen. Die Petersilie waschen, fein hacken und über den Salat streuen.

Ulrike, meine einstige große Liebe,
ich weiß, was du sagen wirst: mein Lebensstil, meine Ernährungsweise, et cetera pp. – ich habe es oft genug hören dürfen, solange wir zusammen waren. Ich will auch gar nicht bestreiten, dass die Recherche nach Rezepten nicht auch ein Bildungserlebnis ist. Ich weiß jetzt, dass die Schwarzwurzel zwar Schwarzwurzel heißt, aber aufge-

schnitten sofort in Essigwasser gelegt werden muss, damit sie nicht schwarz wird. Wahrscheinlich hätte ich als Schulmeister und Brandenburger auf Zeit auch anders niemals erfahren, was eine Vinaigrette ist. Ich hielt sie nämlich für ein Küchengerät. Als mir die entfernt bekannte Ernährungswissenschaftlerin, die entgegen deiner auf dem Wege diverser Anspielungen geäußerten Vermutung nicht meine Geliebte ist, vorgestern ein Salatrezept faxte, in dem der Satz vorkam: »Alles mit einer Vinaigrette vermischen«, habe ich naiv zurückgefragt, ob ich auch einen Quirl dazu nehmen kann. Ich glaube, das Faxgerät ist daraufhin an einem Lachanfall erstickt, denn es gab nur noch geknautschtes Papier von sich.

Kurz darauf klingelte das Telefon, und meine hörbar erheiterte Bekannte erklärte mir, dass die Vinaigrette eine »Salatsauce aus Essig, Öl, hart gekochtem und gehacktem Ei und Kräutern« ist. Hätte mir Christine auch schon mal früher sagen können! Ich glaube, ich habe bei ihr an Ansehen verloren. Gleichwohl hat sie mir noch ein Obstsalatrezept durchgefaxt, das ich ein wenig nach meinem Geschmack verändert habe (Christine, bitte nicht böse sein!). Es hat dabei sicher ein wenig an ernährungswissenschaftlicher Richtigkeit verloren, schmeckt aber trotzdem prima. Ich hab's probiert!

Obstsalat Christine

(für 4 bis 6 Personen)

1 Ananas
6 Kiwis
4 Orangen
½ Wassermelone
2 EL Zucker
50 g gehackte Walnusskerne
4 cl Curaçao
Schokoladenflocken

Ananas schälen und Fruchtfleisch zerkleinern. Kiwis schälen und in Scheiben schneiden, Scheiben halbieren. Orangen schälen, zerlegen und in kleine Stücke teilen. Das Fruchtfleisch aus der Wassermelone lösen, von Kernen befreien und in kleine Stücke schneiden.

Das zerkleinerte Obst in einer Schale mit dem Zucker vermischen und bei Zimmertemperatur ca. 2 Stunden ruhen lassen.

Anschließend nochmals gründlich durchheben und die grob gehackten Walnusskerne dazugeben.

Curaçao darüber geben, aber nicht untermischen. Danach ca. 1 Stunde kalt stellen. Vor dem Servieren mit Schokoflocken garnieren.

Knüller-Tipp

Statt grob gehackter Walnusskerne können auch Rosinen an den Salat gegeben werden. Schlemmer werden den Salat mit Schokoladensauce übergießen.

Das ist nun mal ein Salat, der nach meinem Geschmack ist. Nun gut, meinetwegen könntest du den Curaçao weglassen. Und wie du weißt, reagiere ich auf Rosinen ausgesprochen allergisch; solltest du also jemals die Gelegenheit haben, dieses Obstsalatrezept an mir auszuprobieren, muss ich vor dem Gebrauch dieser Weintraubenkadaver ausdrücklich warnen. Den letzten großen Krach im Hause meiner Mutter gab es, als sie mir vor etlichen Jahren einen großen Geburtstagsobstsalat, der zwar keine Melone, dafür aber etliche Bananen, geriebene Äpfel und Chicorée enthielt, durch Dreingabe von Rosinen regelrecht verdarb. Mann, war ich sauer. Vielleicht solltest du dich, bevor du deinen Versicherungsmakler mit leckeren Salaten verführst, über seine kulinarischen Vorlieben und Abneigungen genauestens ins Bild setzen. Denn dass du die Salate lediglich wegen der gesunden Ernährungsweise schätzt, glaube ich nicht mehr, seit ich bei meiner Recherche dauernd gefragt wurde, was ich denn mit diesem oder jenem Rezept Unanständiges vorhätte …

Aber auch darüber wird mir in deinem nächsten Brief gewiss Aufklärung gegeben. Und, bitte, beantworte mir noch eine Frage auf Ehre und Gewissen: Bist du absolut sicher, dass man Eierkuchen auch mit Bier ansetzen kann?

Es grüßt aus Brandenburg

John

Verehrter Freund, Lehrer und Biertrinker im fernen Brandenburg!

Du, deine Salatrezepte haben mich gefreut. Ich weiß deine Bemühungen um meine gesunde Ernährung (und ganz besonders deine Selbstverleugnung dabei) durchaus zu würdigen! Also, ich bin mitnichten Dauermitglied bei den »Weight Watchers«, sondern versuche nur ein wenig auszugleichen. Ich halte mich dabei an das schöne Sprichwort: Spare in der Zeit, dann hast du in der Not. Spare am Zucker im Eierkuchenteig, dann kannst du ihn mit ordentlich viel Schlagsahne verputzen. Ich wette, selbst du könntest in meiner Küche nicht herausschmecken, ob Zucker oder Süßstoff dran war. Mir erscheint da eher ein wenig didaktische Prinzipienreiterei im Spiel. Du bist und bleibst ja wohl ein philosophischer Vielfraß. Oder ein viel fressender Philosoph? Such es dir aus!

Übrigens, ganz so selbstverleugnend war deine Salatrezeptjagd offenbar gar nicht, immerhin fandest du einen Anlass, deine Biofreundin Christine zu kontaktieren … Ich werde also ihrer gedenken, wenn ich jetzt gelegentlich Rapunzelblättchen zupfe und lange, dicke Möhren (nicht die kurzen, rundlichen, die sind mir zu fade) putze. Und weil wir gerade bei den Delikatessen sind, könntest du bitte mal besagten Versicherungsmenschen P. aus deinem Langzeitgedächtnis streichen? Ich wollte mich eigentlich nicht großartig dazu äußern, aber bei mir ist der Knabe bereits seit Monaten aus dem Computer-Adressen-Verzeichnis (in dem du immer-

hin stehst), aus dem Telefonspeicher und auch sonst gelöscht. Okay?

Ansonsten: Man kann, verehrter Freund, man kann mit Bier Eierkuchen backen. Wie du dich vielleicht erinnerst, untersteht sich Ulrike, mit Bier allerhand Nützliches zu veranstalten. Was natürlich ein klassischer Biertrinker nicht verstehen kann. Sofort habe ich mich bei dieser ungläubigen Frage an deine wütende Fassungslosigkeit erinnert, als ich einstens im Mai die letzte Flasche irgendeines ganz besonderen Pilsner Gebräus aus dem Kühlschrank geangelt hatte, um – oh Frevel! – mein Haar damit zu spülen. Aber dieses Mal geht es nicht um Zweckentfremdung, sondern um blanken Genuss: Mit Bier angerührte Eierkuchen bekommen ein fantastisches Aroma und passen immer dann, wenn sie mit kräftigeren Sachen gefüllt werden, also mit Schinken, mit Speckwürfeln, mit Roastbeefstreifen etc. Probier's doch mal!

Liebe Grüße

Ulrike

KAPITEL 2

Küchen-Verhältnisse am Mittag

Liebe Ulrike,

ich muss jetzt, da du meine vermeintliche Prinzipienreiterei angesprochen hast, den Bogen etwas weiter spannen und dir kurz erzählen, wie ich gerade lebe. Dies einfach deswegen, weil wir uns schon wieder viel zu sehr an Küchenfragen festbeißen, hauswirtschaftliche Fragen, Rezepte und Diäten in den Rang von Glaubensartikeln erheben. Und wenn ich mich recht erinnere, waren es genau diese Glaubensartikel, über die wir uns nicht einig werden konnten, weshalb sich schließlich unsere Wege trennten; die zerrütteten Küchenverhältnisse am Mittag gingen der Zerrüttung unseres Liebesverhältnisses jedenfalls ziemlich unmittelbar voraus.

Dort, wo ich jetzt lebe, scheint es überhaupt keine Küchenverhältnisse zu geben. Nicht einmal sonntags zieht Bratenduft aus geöffneten Küchenfenstern. Und das liegt nicht etwa daran, dass alle Küchen mit perfekten Geruch vertilgenden Dunstabzugshauben ausgestattet sind, sondern daran, dass sonntags keiner da ist, der kocht. Wo bin ich hier hingeraten? Wahrscheinlich dachtest du, die Postanschrift »Am Fließ 89« klingt ein bisschen nach »grüner Wiese«. Richtig. Und auf dieser grünen Wiese hat 1994 ein cleverer Bauträger aus Bayern eine so genannte Wohnanlage errichten lassen. Die Einheimischen nennen sie »Wessi-Falle«; aus zwei Gründen: Zum einen besteht die Wohnanlage aus Eigentumswohnungen, die der Bauträger an betuchte Westdeutsche verkauft hat, denen er unrealistisch hohe Mieteinnahmen versprach – und die

Hälfte der Wohnungen steht unvermietet leer. Zum anderen wohnen, neben ein paar Aufsteigern aus dem Osten, fast nur Leihgaben aus dem Westen hier. Nun liegt dieses Dörfchen auf halbem Wege zwischen Berlin und der Oder an der B 1, nahe bei Rüdersdorf. Und Rüdersdorf steht für 60 Jahre Zementwerk, Landschaftszerstörung und grauen Kalkstaub … Nach der Wende hat ein westlicher Investor zwar die alte Dreckschleuder abreißen und ein hochmodernes und sauberes Zementwerk neu bauen lassen, doch der Ruf der Gegend ist halt hin. So kommt es, dass die meisten »Wessis« zum Wochenende fluchtartig die Wohnanlage verlassen und in ihre heimatlichen Häuser ins Münsterland und nach Franken fliehen, während die »Ossis« sich aufstiegsorientierteren Tätigkeiten zuwenden, als den Sonntagsbraten zu wenden. Ich habe am Wochenende oft das Gefühl, hier der Letzte zu sein, der das Herdfeuer bewacht. Folgerichtig werkle ich hin und wieder doch in meiner Küche. Häufiger steige ich allerdings in meinen treuen Golf und teste in verschiedenen Landgasthöfen die Soljanka.

Ich musste diesen Kommentar einfach einschieben, damit du meine Küchenverhältnisse nicht falsch beurteilst.

Alles Gute!

Johannes

Pasta-Philosophien über Nudeln mit Tomatensauce

Mein lieber John,

das klang ja alles ziemlich triste. Und ich hatte dich so mehr heiteren Sinnes unter fröhlich biertrinkenden Brandenburgern zwischen dichten Wäldern, klaren Seen und mit deinem geliebten Fontane als Reise- und Speiseverführer im Sinn. Beim Fontane hatte ich nachgeschlagen, als du damals deine neue Adresse anzeigtest und fand etwas von einem »reizvollen Wässerchen Löcknitz«, las von Heidekrautfeldern und blühenden Wiesen und viel Bienenzucht. Gibt es wohl alles nicht mehr rund um den Rüdersdorfer Kalk? Aber wenigstens scheint es die vom alten Fonty gelobten brandenburgischen Landgasthöfe noch zu geben …

Lieber John, ich wollte meine Küchenerlebnisse ganz bestimmt nicht zu Glaubensartikeln aufbauschen, und ich wollte dich auch in keiner Weise missionieren. Im Gegenteil. Also knurr nicht mehr. (Jede Wette, dass du deinen letzten Brief bei relativ großem Hungergefühl in den Computer gedroschen hast.)

Apropos Glaubensartikel und Diäten: Du, ich zähle schon lange nicht mehr Kalorien. Brauche ich auch nicht, mein hanseatischer Kanzleialltag verschlingt immense Energien. Er besteht übrigens mitnichten aus Zuhältern und Mafiamorden, wie du neulich zu bemerken pflegtest. (John, du hängst zu viel vor dem Fernseher herum, hast du keine Freundin, die dich gelegentlich an die frische Luft oder wenigstens zu einer Theaterpremiere schleppt? So weit ist es doch von deinem Dörfchen nach Berlin nun auch wieder nicht.) Ich jedenfalls betreibe alltäglich schlicht die Beurkundung von Grundstücksverkäufen an der Unterelbe. Nicht sehr prickelnd, aber reichlich arbeitsaufwendig! Oder ich versuche, die Folgen diverser Verkehrsdelikte in Form zu bringen. Das Kriminellste daran sind gelegentliche Wutaufwallungen eines cholerisch veranlagten Mandanten, wenn ich ihm mitteilen muss, dass ein mehrmonatiges Fahrverbot kaum zu umgehen sein wird, wenn er auf einer 30er-Strecke mit 134 km/h geblitzt wird.

Deine Salatrezepte liegen immer noch im Küchenordner. Meine aktuelle Kochwelle konzentriert sich mehr auf Spaghetti, Makkaroni & Co. Neudeutsch heißt das ja alles »Pasta«, aber ich ziehe die schöne altmodische Bezeichnung »Nudeln« vor. Schließlich haben mich die traditionellen Nudeln mit Tomatensauce kulinarisch durch die Kindheit begleitet. (Ist dir übrigens aufgefallen, dass derzeit irgendwelche durchgeknallten Werbestrategen die gute alte Teigware amerikanisieren wollen: Jetzt heißen diese Fertigtöpfchen und -tüten »Noodles«!)

Den Beginn meiner kochenden Nudelleidenschaft verdanke ich übrigens einem Zufallsgeschenk unserer Kanzleichefin. Die clevere Lady hat sich nämlich letzte Woche vor einer moralisch längst fälligen Erhöhung mei-

nes Salärs mit einer opulenten Einladung gedrückt. Die ganze Truppe samt studentischer Hilfskraft und Azubine trabte zum hiesigen Staritaliener, weil wir so etliche Fälle positiv für unsere Mandanten über die Gerichtsbühne gebracht hatten. Natürlich brachte ich es nicht fertig, die Chefin beim Feiern dezent daran zu erinnern, dass meine ausführlichen Recherchen und Gutachten für so manchen Erfolg des Hauses die Basis abgegeben haben. Stattdessen schwatzten wir übers Essen.

Und weil ich mit den Pasta-Philosophien der anderen sowieso nicht mithalten konnte, gab ich unumwunden zu, selten Nudeln zu kochen. Erstens muss man hinterher stundenlang den Herd putzen, weil die Dinger unter Garantie überkochen und eine schmierige weiße Schicht hinterlassen. Zweitens schaffte ich es nie, dass die jeweilige Teigware nicht zusammenklebte …

Du wirst dich erinnern, dass meine einschlägigen Versuche eher zu einem unappetitlichen Matsch, der an Tapetenkleber erinnerte, als zu kulinarischen Genüssen führten. Weißt du noch, irgendwann – ich hatte mal wieder einen nudeligen Teigbrei in den Mülleimer entsorgt – fassten wir den Vorsatz, prinzipiell nur noch Spaghetti oder Ravioli aus der Dose zu nehmen und ansonsten bei Lust auf Nudeln den Italiener am Kollwitzplatz heimzusuchen.

Angesichts solcher schreiender Bildungsdefizite kehrten meine hiesigen Pasta-Philosophinnen von ihren seltenen Phänomenen wie Basilikumblüten und Oreganoschaum zu irdischeren Fragen zurück: Ich solle mir einen anständigen Topf kaufen (groß, größer, am größten). Die Nudeln nur in kräftig sprudelndes Salzwasser werfen. (Das wusste ich auch, außerdem steht es auf jeder Nudelpackung.) Und einen tüchtigen Schluck Öl ins Kochwasser schütten, das verhindere das Überlaufen. (Klappt tatsächlich.) Dass ich stets pappige Masse herausbekäme, läge erstens daran, dass ich die Nudeln zu lange kochte und hinterher noch zu lange im Kochwasser stehen ließe. Außerdem hätte ich sie nach dem Abgießen nicht lange genug kalt abgespült. Über die Notwendigkeit, die frisch gekochten Teigwaren unter fließendes, eiskaltes Wasser zu bringen, brach dann eine heftige Debatte aus. Während die eine Hälfte meiner Kolleginnen auf dem »Abschrecken« bestand – schon ihre Großmütter hätten es so gehalten – erklärten die anderen dies für kulinarische Barbarei. Nicht zuletzt, weil die Nudeln dann auch eiskalt würden. Es genüge völlig, eine ordentliche Ölschicht auf das Kochwasser zu bringen, dann könne man hinterher auf das leidige »Abschrecken« verzichten. Als sich endlich unser schnuckeliger italienischer Kellner einmischte und kategorisch versicherte, sämtliche Pasta müsse prinzipiell und immer nach dem Kochen richtig heiß abgespült werden, war ich echt verwirrt. (Das kann aber vielleicht auch am Wein gelegen haben. Die Chefin hatte einen weißgoldenen Tocai Friulano aus Venetien bestellt, falls dir märkischem Biertrinker das was sagt. Dieser erwies sich als im wahrsten Sinne des Wortes »umwerfend«.) Jedenfalls habe ich mich inzwischen der Fraktion angeschlossen, die überhaupt auf das Abspülen bzw. Abschrecken verzichtet. Und siehe da, es geht vorzüglich.

Am Tag nach dem Tocai trat unsere Kanzleichefin mit einem voluminösen, matt glänzenden Spaghettitopf samt Einsatz vor meinen Büroschreibtisch. Sie habe das edle Teil neulich in irgendeinem angesagten Designerladen gesehen und sei in Kaufrausch geraten. Zu Hause habe sie sich überlegt, dass ihr alter Nudelkochtopf eigentlich noch gute Dienste leiste. Und weil ich doch langsam zu einer Stütze der Kanzlei werde, wolle Sie mir nun das Teil quasi als Anerkennungspreis verehren.

So begann also meine aktuelle Teigwarenphase. Natürlich probierte ich zuerst meine Kindheits-Lieblings-Nudeln aus: Makkaroni mit Schinken-Tomaten-Sauce.

Makkaroni mit Schinken-Tomaten-Sauce

75 g Kochschinken
1 EL Butter
oder Pflanzenmargarine
1 Glas bzw. Dose Tomatensauce
100 g Makkaroni
(getrocknete Fertignudeln)
Salz
2 EL Speiseöl
10 bis 15 g geriebener Käse

Den Schinken fein hacken, in einer Pfanne mit wenig Butter (1/2 EL) kurz anbraten. Außerdem die Tomatensauce in einem kleinen Topf auf milder Hitze unter Rühren erwärmen. Pfanne und Topf beiseite stellen.

Die Makkaroni in etwa 3 cm lange Stücke brechen. Reichlich Salzwasser aufkochen lassen, in das Wasser zuerst das Öl, dann die Nudeln schütten, bei mittlerer Hitze maximal 10 Minuten kochen lassen. (Exakte Kochzeit hängt von der jeweiligen Sorte ab; zwischendurch probieren, ob die Makkaroni noch knackig sind.)

Die Makkaroni auf ein Sieb gießen, dann in eine Schüssel geben. 1/2 EL Butter darauf schmelzen lassen.

Inzwischen den angebratenen Schinken in die Tomatensauce schieben, beides nochmals kurz aufkochen lassen, über die Makkaroni schütten und mit dem Käse bestreuen.

Knüller-Tipp

Reichlich Speiseöl (etwa 4 EL) ins Wasser schütten, damit die Nudeln nicht zusammenkleben. Solange das ölige Kochwasser sanft weiter sprudelt, erübrigt sich das Umrühren.

Als meine ersten Makkaroni am eigenen Herd doch wieder leicht matschig geraten waren, fluchte ich, kam dann aber darauf, dass ich sie tatsächlich zu lange im warmen Wasser liegen gelassen hatte. Grund: Der kochend heiße Nudeltopf war zwar pünktlich von der heißen auf die benachbarte kalte Herdplatte geschoben worden, aber es dauerte dann doch noch einen Moment mit dem Abgießen, weil ich mit dem Schinkenschneiden und der Tomatensauce befasst war. Die Nudeln aber quollen im heißen Wasser weiter. Ab jetzt mache ich immer zuerst die Saucen fertig, bevor ich die Nudeln ins Kochwasser schütte!

Lieber John, ich bin ganz stolz auf meine Entdeckungen. Siehst du, wenn man die organisatorischen Tücken im Auge behält, dann ist das Kochen gar nicht so schlimm!

Unsere studentische Hilfskraft in der Kanzlei, ein netter Junge aus Bayern, der an die Küste strebte, um möglichst weit weg von seinen stressigen Erzeugern zu kommen, hat mir inzwischen ein Buch über die klassische italienische Küche geliehen. Die variiere ich jetzt für mich. Und ich schicke dir mal meine derzeitigen drei Lieblingsvarianten mit.

Nudeln in Basilikumsauce

1 kleine Zwiebel
1 Bund frisches oder
1 TL getrocknetes Basilikum
1 EL Butter
oder Pflanzenmargarine
1/8 l Sahne
Salz
gemahlener schwarzer Pfeffer
Rosenpaprika
50 g geriebener Emmentaler
oder Parmesankäse
4 EL Speiseöl für das
Nudelwasser
100 g Nudeln
(getrocknete Fertignudeln)

Für die Sauce die Zwiebel schälen und hacken, die frischen Basilikumblätter waschen und hacken. Zwiebel im heißen Fett in einer Pfanne anrösten, die Sahne dazugießen und das Basilikum, Salz sowie die übrigen Gewürze und den Käse hineinrühren.

Alles unter gleichmäßigem Rühren miteinander erhitzen, bis es fast kocht. (Vorsicht, Käse-Sahne-Mischungen neigen zum Anbrennen!) Dann vom Feuer nehmen und ziehen lassen.

Nudeln kochen (siehe oben), abgießen, die Basilikumsauce darüber geben und mit zwei Gabeln gut durchmischen. Sofort essen.

Knüller-Tipp

Käseliebhaber mögen zum Nudelgericht ein Schälchen geriebenen Käse zum Darüberstreuen, perfekt wäre eine Käsemühle wie beim Italiener.

Weisse und grüne Bandnudeln mit Lachssauce

200 g Lachsfilet
1 TL kaltgepresstes Öl
1 EL Butter
oder Pflanzenmargarine
1 EL Mehl
4 EL Speiseöl für das
Nudelwasser
50 g weiße Bandnudeln
(getrocknet)
50 g grüne Bandnudeln
(getrocknet)
⅛ l saure Sahne
1 frisches Eigelb
1 EL Zitronensaft
Salz
gemahlener weißer Pfeffer
Petersilie

Lachsfilet (frisch oder aus der Tiefkühltruhe) in kleine Stücke teilen (Achtung, Fisch ist frühestens nach etwa 2 Stunden so weich getaut, dass er sich problemlos zerkleinern lässt), in einer Pfanne kurz im Öl anbraten, beiseite stellen.

Das Fett in einem Topf erhitzen, das Mehl einrühren und eine helle Schwitze bereiten. Mit ⅛ l Wasser ablöschen und durchkochen.

Lachsstücke in diese Sauce geben, wieder erhitzen, aber nicht kochen. Die Nudeln nach Vorschrift zubereiten und abgießen.

Währenddessen die saure Sahne gut durchrühren, das Ei trennen, Eigelb und Sahne unter die Lachssauce ziehen, mit Zitronensaft, Salz und Pfeffer abschmecken. Über die Nudeln geben und mit Petersilie bestreuen.

Spaghetti mit Knoblauch und Peperoni

4 EL Speiseöl für das Nudelwasser
100 g Spaghetti (getrocknet)
2 Knoblauchzehen
½ rote Chilischote
1 Bund glatte Petersilie
4 EL Olivenöl

Spaghetti nach Vorschrift zubereiten und in einer vorgewärmten Schüssel warm stellen.

Knoblauch schälen und Zehen fein hacken, aus der Chilischote die weißen Samenkörnchen entfernen, dann die Schote fein hacken. Petersilie waschen und fein hacken.

Öl in einer großen Pfanne erhitzen. Zuerst den Knoblauch andünsten, dann Chili und Petersilie zugeben.

Zuletzt die heißen Spaghetti in die Pfanne schütten und alles gut durchmischen, dann in die vorgewärmte Schüssel zurückgleiten lassen.
Sofort essen.

Ich gebe zu, derzeit mache ich mir noch nicht einmal die Mühe, die jeweilige Nudelmischung aus der Schüssel auf einen Teller zu praktizieren. Du hättest bestimmt deinen Spaß an meinen rustikalen Tischsitten. Und dann noch einen guten Schluck Malvasier. Mmh.

Johnny, eigentlich wäre es nur ausgleichende Gerechtigkeit, wenn du (quasi als Wiedergutmachung für den Tapetenkleister, den ich dir einst servierte) gelegentlich meine neuen Nudelkünste zu schmecken bekämst. Auch wenn du mitten in der brandenburgischen Provinz sitzt, könntest du doch mal den ICE Berlin – Hamburg besteigen …

Tschüsing von

Rieke

Rikje,

also nun sag mal! Bin ich behämmert oder war das eine Einladung? Ich bin ja so was von sprachlos – was bei mir, wie du weißt, ein ziemlich rarer Zustand ist. Nudeln und ihre Wirkungen also … Ich meine, man liest ja neuerdings allenthalben von Hormonen, und davon, dass Kartoffeln oder Nudeln nicht – wie früher behauptet – dick, sondern glücklich machen sollen. Ehrlich, ich freue mich, dass es dir anscheinend so rundum gut geht. Aber – irgendwie siehst du mich zögerlich. Wollen wir es nicht doch erst mal bei einer Fernpartie belassen, bevor wir im kulinarischen Nahkampf die Messerklingen kreuzen? Zur Vervollständigung der Nudelabteilung in deiner aktuellen Rezeptsammlung schicke ich anbei ein Blatt mit Nudelsalat. Es stammt von Christine, auf die du nun wirklich nicht länger mit spitzen Fingernägeln reagieren solltest. Die Gute war und ist von fern um meine halbwegs gesunde Ernährung besorgt, sonst nichts. Wie du dir denken kannst, habe ich das einstens ernährungsphysiologisch wertvolle Nudelrezept ein wenig bearbeitet. Jetzt finden sich die hauptsächlichen Zutaten in Dosen und Gläsern. Der unbestreitbare Vorteil: Man kann mit einem entsprechenden Konservenvorrat auch der Invasion einer großen Menschenmenge mühelos begegnen.

Herzlichst!

Johannes

Nudelsalat

(ein Eimer voll, für mehrere Tage oder für eine größere Gesellschaft)

1000 g Spiralnudeln
500 g leichte Salatcreme
1 Becher Joghurt (oder saure Sahne)
Curry
75 g Erbsen aus der Dose
250 g Champignons aus der Dose
250 g Weintrauben
500 g Ananas aus der Dose (mit der Hälfte des Saftes)
4 Apfelsinen
3 Mandarinen (oder 1 Dose)
2 Äpfel

Nudeln (nach Vorschrift) kochen, abgießen, kalt abschrecken, abtropfen und gut abkühlen lassen.

Die Salatcreme mit dem Joghurt verrühren und mit etwas Curry abschmecken.

Erbsen und Champignons abspülen und abtropfen lassen, mit den Weintrauben und der Ananas samt Saft zu den Nudeln geben und unterrühren.

Apfelsinen, Mandarinen und Äpfel von der Schale befreien und in kleine Stücke schneiden. Diese dann ebenfalls zu den Nudeln geben.

Jetzt die Salatcreme dazugeben, gründlich durchmischen. Nudelsalat einen halben Tag abgedeckt bei Zimmertemperatur ziehen lassen.

Knüller-Tipp

Das Hinzufügen von zerkleinertem Hühnerfleisch macht den Salat zur gesunden Delikatesse.
Zum Nudelsalat kann man kleine, gebratene Hackfleischbällchen oder einige nicht zu dünn geschnittene Scheiben Schweinslende reichen.

Telekomischer Dialog 2

Hallo, John, hier ist Ulrike, eine freie Stimme aus der freien Hansestadt Hamburg.
Oh Gott …
Na, na!
Ich freu mich natürlich riesig! Wie geht's übrigens deinem Akku?
Voll aufgeladen! Im wörtlichen wie im übertragenen Sinne.
Was ist das eigentlich für ein Getöse im Hintergrund?
Deshalb rufe ich ja an. Schade, dass du mir einen Korb gegeben hast. Sonst könntest du jetzt an einer der wichtigsten Partys in Hamburg teilnehmen, nämlich der in meiner Wohnung.
Und deshalb rufst du an?

Ja, das heißt nein. Eigentlich wollte ich mich für die Idee mit dem Eimer Nudelsalat bedanken. Kam gerade im richtigen Moment. Ich hab nämlich heute Geburtstag.

Oje …

… und wir machen eine kleine Sause, so 12 bis 15 Leute, die ich dank deines Rezepts souverän satt bekomme. Mit den Hackfleischbällchen bin ich auch gut klar gekommen, nur an die Schweinslendchen habe ich mich nicht rangetraut; das geht ja auch immer gleich so ins Geld. Ich meine, wenn dann bei der Braterei nur Schuhsohlen statt essbarer Fleischscheiben herauskommen. Ich habe da so einschlägige Erfahrungen.

Tja, die Hanseaten galten schon immer als sparsame Leut'. Willst du denn heute noch Schweinslendchen braten?

Nee, aber ich muss nächste Woche auch die Damen und Herren in der Kanzlei noch bekochen, und weil ich so gut im Training bin, gedachte ich den Eimer mit Salat zu wiederholen. Sei so gut und fax mir den Schweinkram ins Büro. Nummer hast du ja. Tschüsing!

Lebenszweck Borstenvieh: vom schnellen Schweinesteak bis zum geruhsamen Schweinebraten

Liebe Ulrike,

das war ja wieder so'n Ding. Während du in Hamburg wilde Orgien feierst, sitze ich im märkischen Sand und recherchiere in Sachen Borstenvieh und Schweinespeck. Ich gestehe aber, dass mir diese Unterbrechung äußerst willkommen ist, denn das Durchsehen der Testbögen meiner lieben Schüler ist so spannend auch wieder nicht.

Schweinefleisch also. Als ordentlicher Preuße liefere ich dir dazu erst einmal etwas Statistik. 40 Kilogramm Schwein verputzt jeder statistische Deutsche im Jahr, das würde theoretisch für 250 bis 300 Steaks reichen; aber das stimmt natürlich nicht ganz, denn natürlich zählen auch Speck und Schmalz, das Gehackte und Durchgedrehte, Gekochte und Gebrühte, das wir als Bulette oder Wurst zu uns nehmen, zur Statistik. Kein anderes Fleisch ist so preiswert und lässt sich so vielseitig verwenden wie das Schweinefleisch. Weder Östrogenskandale noch Schweinepest konnten seiner Beliebtheit dauerhaft Abbruch tun. Im Gegenteil, heutzutage stammt auch so manches edle Wiener Schnitzel, das laut Kochbuch ausschließlich aus Kalbfleisch bestehen sollte, vom rosa Borstenvieh. Verschiedene Stellen am Schwein liefern das Fleisch für unterschiedliche Brutzelbedürfnisse: Das Lendenstück ist das Beste und Teuerste; es kann im Ganzen oder in kleinen Scheibchen oder als Geschnetzeltes gebraten werden. Die Keule, auch Schlegel genannt, wird in Nuss, Schinkenspeckstück, Ober- und Unterschale zerlegt; letztere geben Schnitzelfleisch her. Rücken und Nacken (Kamm) werden sowohl ausgelöst als auch mit Knochen als Koteletts oder Kotelettstrang verkauft. In gepökelter Form ergibt er das beliebte Kassler. Die Schulter ist einigermaßen preiswert; sie eignet sich als großer Braten oder als Gulasch. Schweinebauch ist meist billig, aber ziemlich fettreich, oft werden so genannte falsche Schnitzel daraus gemacht. Zum Grillen am offenen Feuer werden sehr gern Rippen genommen; die dicke Rippe ist fleischreicher als die dünnen Rippchen, und man hat ordentlich was abzuknabbern. Auch Rippe gibt es in der gepökelten Variante als Kassler. Sehr beliebt bei den meisten Deutschen sind Eisbein und Haxe, ich persönlich kann sie nicht ausstehen. Aus dem, was übrig bleibt, kann man immer noch Sülze machen.

Doch zurück zu den Schuhsohlen, pardon: deinen Schweinelendchen, mancherorten auch Schweinefilet genannt. Also, du weißt wie die Teile auf der Theke des Fleischers aussehen müssen? Längliche Fleischrollen von maximal sechs Zentimetern Durchmesser. Davon schneidest du vertikal ein bis anderthalb Zentimeter dicke

Scheiben ab, die sehen dann wie rundliche Medaillons aus, womit wir die dritte Speisekartenbezeichnung für dieselbe Angelegenheit hätten. So ein Medaillon sollte im Rohzustand ungefähr 50 Gramm auf die Waage bringen. Pro Person rechnet man – je nach Gelegenheit und Esslust – mit zwei bis drei Medaillons. So kannst du dir ausrechnen, wie viele von den länglichen Lendenstücken du einkaufen musst. Falls dir das zu teuer wird, nimmst du nur die Hälfte und machst dafür ordentliche Hackfleischbällchen.

Und nun zur Ferndiagnose in Sachen Schuhsohle. Also, wann geraten dir diese appetitlichen Medaillons in der Pfanne zu zäh?

Erstens, wenn das Schweinefleisch wässrig ist. Das bekommst du schon beim Schneiden mit, wässriges Fleisch bleibt am Messer kleben. Passiert dir das, solltest du das Geschäft wechseln. Ich kenne ja deine Neigung, dem Metzger, den du zu deinem Lieblingsmetzger erkoren hast, schöne Augen zu machen, anstatt auf das Fleisch zu gucken. Gut, sollte das nicht mehr zutreffen, so ist diese Anmerkung durch folgende zu ersetzen: Ich kenne ja deine Neigung, deinem Metzger die Qualität der Ware seines schönen Aussehens wegen zu glauben. Gemeint ist das Aussehen des Fleisches; und das kann durch geschickte Beleuchtung ungemein gewinnen. Schweinefleisch verdirbt leicht und muss daher immer frisch sein, niemals abgehangen! Gutes und frisches Schweinefleisch sollte eine zarte rosa Färbung haben. Dann stammt es von jungen und nicht übermäßig schweren Tieren. Je dunkler die Farbe des Fleisches, umso älter war das Tier bei der Schlachtung, und umso grober sind auch die Fleischfasern. Umgekehrt gilt, je heller und wässriger das Fleisch aussieht, desto schneller sind die Tiere auf Gewicht hochgemästet worden. Dieses Fleisch schrumpelt in der Pfanne durch den schnellen Wasserverlust und wird zäh.

Zweitens vermute ich, dass wohl deine Pfanne, bzw. das Fett darin, nicht knallheiß war, als du das Fleisch hineinlegtest. Ruhe bewahren, Rieke, gelassen noch einen Moment warten, bis die Pfanne mit dem Öl oder der Butter so richtig brutzelt, keine Hektik! Und noch etwas: Um das Fett richtig heiß zu halten, braucht man die entsprechende Pfanne. Kleine Pfannentheorie gefällig?

Zum scharfen Anbraten nimmt man Stahl-Emaille-Pfannen mit schwerem Stahlkernboden, die man überhitzen kann und die dann die Hitze gut und gleichmäßig speichern. Edelstahlpfannen sehen nett aus und sind universell verwendbar; wirklich brauchbar sind sie aber nur mit Sandwichboden (Aluminium- oder Kupferkern mit Edelstahlmantel). Ansonsten eignen sie sich zum Schmoren im Backofen. Meine Mutter – und wie sie behauptet sämtliche Spitzenköche mit ihr – schwört dagegen auf ihre »Eiserne Lady«, eine ererbte Gusseisenpfanne mit langem Stiel. Diese Pfannenklassiker erwärmen sich zwar nur langsam, halten aber die Hitze gleichmäßig und lange. Bratkartoffeln, das weiß ich aus eigener Erfahrung, gelingen in keinem Gerät besser. Auch nicht in den Hightechpfannen, antihaftbeschichtet, titanversiegelt und mit Sandwichboden: gut fürs Spiegelei, wo nichts anbrennen soll, aber nichts für Braten, bei denen es echt heiß zur Sache geht.

Doch zurück zu unserem Problemfall Schweinelende: Drittens vermute ich, dass deine Pfanne wieder einmal zu klein war. Ein allgemeines Problem bei jeglichem Kurzgebratenen besteht nämlich darin, dass die Fleischstücke in der Pfanne mindestens einen Zentimeter Abstand voneinander haben müssen, damit das Fleisch nicht »kocht«. Das heißt, der beim Braten austretende Fleischsaft senkt die Temperatur auf dem Pfannenboden. Aber nur dann, wenn die Pfanne und das Fett richtig heiß bleiben, schließen sich die Fleischporen rasch genug. Nur dann bleibt genügend Saft im Fleischstück. Natürlich tritt bei jedem Bratvorgang zu Anfang Fleischsaft heraus, aber der verdampft schnell, wenn sich das Fleisch in der Pfanne nicht drängelt, sondern Abstand hält.

Viertens besteht die Möglichkeit, dass du das Fleisch vor dem Braten gesalzen hast. Falsch, Mädchen: Salz zieht Wasser an, das Fleisch wird trocken und zäh. Also immer nach dem Braten salzen!

Und fünftens könnte ich mir vorstellen, dass du die Medaillons zu lange brätst. Drei Minuten von jeder Seite reichen völlig. Na dann, toi, toi, toi für deine Schweinelendchen!

Schweinelendchen

100 bis 150 g Schweinelende pro Person
gemahlener schwarzer Pfeffer
Thymian
3 EL kaltgepresstes Öl oder Butter
Salz

Medaillons schneiden, Scheiben mit dem Handballen leicht klopfen, mit Pfeffer und Thymian würzen.

Fett in großer Pfanne stark erhitzen, Fleisch darin auf jeder Seite 3 Minuten braten. Herausnehmen, salzen, servieren.

Wiener Schnitzel

(für 2 Personen)

2 Schnitzel (Kalb- oder Schweinefleisch), dünn geschnitten, je 125 bis 150 g
1 EL Zitronensaft
2 EL Mehl
1 frisches Ei
6 EL Semmelmehl
Salz
2 EL kaltgepresstes Öl
2 Scheiben Zitrone
2 Zweige Petersilie

Die Schnitzel kalt abwaschen, abtrocknen und von Haut und Sehnen befreien. Nun wird der Fleischklopfer geschwungen, bis eine maximal dünne und maximal große Schnitzelfläche entsteht.

Schnitzel mit Zitronensaft beträufeln und etwas ruhen lassen. (Vielleicht inzwischen die Kartoffeln aufs Feuer setzen.)

Unmittelbar vor dem Braten die Schnitzel zuerst in Mehl, dann in verquirltem Ei wenden, unter leichtem Andrücken im Semmelmehl panieren und mit Salz bestreuen. Und jetzt kommt der große Wiener Trick: Nochmals vorsichtig (damit die Panade nicht abfällt) im verquirlten Ei wenden und unter starkem Andrücken im Semmelmehl panieren.

In der größten Pfanne, die aufzutreiben ist, im heißen Öl von beiden Seiten je 4 Minuten knusprig braten. (Wiener-Schnitzel-Fans schaffen sich extra für diesen Arbeitsgang eine große Fritteuse an.)

Das Fett abtropfen lassen, die Schnitzel mit den Zitronenscheiben und der gewaschenen Petersilie garnieren und sofort servieren.

KNÜLLER-TIPP

Statt simplen Semmelmehls machen Mandelblättchen oder gemahlene Mandeln die Panade zu einem kulinarischen Ereignis.

Und nun noch ein guter Rat: Vermeide extrem mageres Schweinefleisch, auch wenn es dir angepriesen wird und deine Gewichtskalkulation – fettes Schweinefleisch kann durchaus den bis zu vierfachen Brennwert von magerem haben – wieder mal nach Ausgleich schreit. So ganz fettarm verliert Schweinefleisch seinen typischen Geschmack, man schmeckt dann zwar jede einzelne Kalorie, aber es schmeckt nicht mehr nach Schwein. Dabei gibt es so viele leckere Schweinereien, ich denke da besonders an die Kassler-Abteilung, die relativ kurz gebraten und auch sonst ohne viel Umstände anzufertigen sind.

Ich schicke dir erst mal einiges zum schnellen Schwein aus meinem persönlichen Erfahrungsschatz. Die Rezepturen verlangen nichts, was man nicht irgendwie – und sei es in Dosen – im Vorratsschrank hätte.

Schinkensteaks mit Käse

(für 2 Personen)

1 frisches Ei
25 g Hartkäse
2 Scheiben ausgelöstes Kassler (je ca. 150 g, fingerdick)
2 EL kaltgepresstes Öl
2 Zweige Petersilie

Das Ei mit Schneebesen oder im Mixer schaumig rühren, Käse reiben und unter die Eimasse geben.

Die Kasslersteaks waschen, abtrocknen und in der Käsemasse wenden.

Das Öl in der Pfanne erhitzen und die Steaks darin auf beiden Seiten rund 6 Minuten goldbraun braten. Petersilie waschen und die Steaks damit garnieren.

Extrascharfe Sahnesteaks

(für 2 Personen)

2 Schweinesteaks
(je ca. 150 g, fingerdick)
scharfes Paprikagewürz
1 EL Mehl
30 g magerer Speck
1 Zwiebel
1 EL Butter
oder Pflanzenmargarine
⅛ l süße Sahne
3 EL Schweineschmalz
Salz
2 Scheiben Zitrone

Die Steaks abwaschen, abtrocknen, Fett entfernen. Ordentlich mit Paprika würzen und mit Mehl bestäuben.

Den Speck in kleine Würfel schneiden. Die Zwiebel schälen, fein schneiden und mit den Speckwürfeln im Bratfett anrösten. Paprika und etwas Mehl hinzufügen und bräunen, mit der Sahne ablöschen.

Schmalz in der Pfanne erhitzen und die Steaks darin auf beiden Seiten etwa 5 Minuten braten. Herausnehmen, salzen.

Die Paprika-Sahne-Sauce über die Steaks verteilen. Mit je einer Zitronenscheibe, die mit Paprika bestreut ist, garnieren.

Knüller-Tipp

Zu dem nach üblicher Weise gebratenen Schweinesteak kann man einen gewaschenen und in dicke Scheiben geschnittenen Apfel geben, der in 2 EL Butter auf beiden Seiten gedünstet wird. Besonders lecker: Die Apfelscheiben mit Fruchtgelee garnieren.

Filetspiesschen mit Ananas

125 g Filet vom Schwein
100 g Edamer Käse
1 Zwiebel
60 g durchwachsener Speck
2 Scheiben Ananas
scharfer Senf
2 EL kaltgepresstes Öl
gemahlener schwarzer Pfeffer
Salz

Das Filet abwaschen, abtrocknen und in kleine Stücke schneiden.

Den Käse in kleine Würfel schneiden, die Zwiebel schälen und in Scheiben schneiden, den Speck ebenfalls in Scheiben schneiden und die Ananasscheiben (je nach Größe) dritteln bzw. vierteln.

Die Filetstückchen mit Senf bestreichen und der Reihe nach Filet, Käse, Zwiebel, Speck und Ananas auf kleine Spieße stecken.

Eine Marinade aus Öl und Pfeffer bereiten und die Spieße damit bepinseln.

Im vorgeheizten, sehr heißen Grill braten, bis der Käse zu schmelzen anfängt, zwischendurch wenden und mit der Marinade bestreichen. Zuletzt das Fleisch salzen.

So, meine Liebe, du siehst: keine zeitaufwendigen Einkaufsgänge durch Spezialgeschäfte für exotische Gewürze, keine Verhandlungen mit dem Zoll wegen der Freigabe von geriebener Elefantenhaut.

Einfach eine Dose Ananas knacken und ein Löffelchen Senf abschöpfen … Man kann natürlich auch eine ganze Ananas kaufen, die Frucht ausschälen, zwei Scheiben davon für die Spieße verwenden und den Rest an den Nudelsalat tun (siehe weiter vorn) oder für einen Obstsalat aufheben (siehe noch weiter vorn). Eine frische Ananas schmeckt natürlich viel »ananasiger« (wie es in der Werbung heißen würde), aber da ich allzu gern den süßen Sirup direkt aus der Blechdose schlürfe, greife ich doch lieber zur Konserve.

Alles eine Frage der philosophischen Betrachtung. Man legt sich ja auch häufiger eine CD ein, als man sich einen Liveact als Tafelmusik engagiert.

Natürlich gibt's neben dem Kurzgebratenen noch andere Arten, Schweinefleisch zuzubereiten; die sind zwar nicht nach meiner Gemütsart (und lohnen sich auch erst für mehr als einen oder zwei), könnten aber deinen kulinarischen Bedürfnissen entgegenkommen, wenn du mal wieder größere Menschenmassen zu verpflegen hast. Mir dauert das alles zu lange. Wenn du meinst, in meinem märkischen Nest gäbe es eh nichts Interessantes, und ich müsste jede Menge Zeit haben, sei dir gesagt: Ich habe jetzt endlich Zeit, die vielen während des Studiums angeschafften und nur flüchtig durchgeblätterten Bücher zu lesen.

Liebe Ulrike, dieser Schrieb soll gleich noch zur Post, weil du ja auf meine Weisheiten zum Schweinelendchen wartest. Außerdem hätte ich da noch ein paar mehr oder weniger genialische Mathetests meiner Elften durchzusehen (besser gesagt: durchzuleiden). Also Schluss für heute.

Findest du übrigens nicht auch, dass es neben dem teuren Telefonieren und dem komplizierten Schriftverkehr noch die schöne alte Kommunikationsart des Gespräches gäbe? Ich meine, so ohne Hunderte Kilometer Glasfaserkabel dazwischen, »face-to-face«, wie das auf Neudeutsch heißt. Kurz, wenn du dann endlich all die ausufernden Festivitäten zu deinem Geburtstag überstanden hast, dann könnten wir ja vielleicht mal ein wenig zusammen im Brandenburgischen auf Fontanes Spuren … na ja, nun nicht gleich wandern, aber vielleicht ein wenig spazieren fahren. Diese brandenburgischen Alleen sind wirklich geruhsam. Wenn man halbwegs vernunftbegabt fährt. Man muss sich hier keineswegs zwangsläufig mit seinem Wagen um die Alleebäume wickeln, so wie es gewisse Boulevardzeitungen behaupten. Warum sollte überhaupt immer die Bäume die Schuld treffen? Ich habe noch von keinem Alleebaum gehört, der gegen ein Auto gefahren wäre.

Und jede Wette, dass wir in irgendeinem netten Landgasthof auch den Schweinebraten bekommen, den anzufertigen wir beide nicht Zeit und/oder Lust haben. Vorher wünsche ich dir natürlich für die Kanzleilendchen gutes Gelingen.

Ganz herzliche Grüße in den fernen Norden von

John

Lieber John,

einerseits hast du ja völlig recht mit dem Schmorbraten: nichts für spontane Entschlüsse. Besonders wenn er so verfertigt wird wie beim thüringischen Zweig meiner väterlichen Sippe, wo er gern als Festagsmenü aufgetischt wurde, wenn meine Eltern und ich als »Westverwandtschaft« angesagt waren. Die dortigen Tanten waren nämlich der festen Überzeugung, dass man uns westlichen Gesundheitsaposteln und Reformköstlern wenigstens einmal im Jahr zu einer ordentlichen und gehaltvollen deutschen Hausmannskost verhelfen sollte. Geschmeckt hat es herrlich, das ist wohl wahr. Aber der Aufwand … Besonders so ein Passus »zwei Tage lang an einem kühlen Ort in der Marinade ziehen lassen« würde mir in meiner Küche zum Problem werden. Die Tanten fanden es barbarisch, Braten zum Marinieren in den Kühlschrank zu stellen. Der sei nämlich zu kalt, da nähme das Fleisch die Gewürze nicht an. Sie verfügten in ihrem Häuschen über eine gute alte, kühle, aber nicht kalte Speisekammer. Natürlich gibt's dergleichen in meiner Edelstahlküche nicht. Übrigens habe ich das Rezept einer Rotweinvariante des gängigen Schweinebratens trotzdem in meiner Sammlung, so aus nostalgischen Gründen. Ich meine, wenn wir mal ganz viel Zeit hätten und nichts Besseres mit ihr anzufangen wüssten? Ich meine ja nur.

Schweineschmorbraten in Rotwein

(für 4 Personen)

1000 g Schweinebraten (aus der Keule)
1 Zwiebel
1 TL schwarze Pfefferkörner
1 TL Wacholderbeeren
1 Lorbeerblatt
2 Gewürznelken
1 Stück unbehandelte Zitronenschale
1 EL kaltgepresstes Öl
1 Flasche Rotwein (0,75 l)
100 g durchwachsener Speck
Salz
4 EL Crème fraîche
1 EL Stärkemehl

Das Fleisch kalt abwaschen. Die Zwiebel schälen und hacken.

Das Fleisch mit Pfefferkörnern, Wacholderbeeren, Lorbeerblatt, Nelken, Zitronenschale und der geschälten und gehackten Zwiebel in eine Schüssel legen. Öl und Rotwein dazugeben und das Fleisch in dieser Marinade 1 bis 2 Tage kühl stellen und ziehen lassen.

Dann das Fleisch aus der Marinade nehmen und abtrocknen; Marinade durch ein Sieb gießen.

Den Speck in kleine Würfel schneiden und in einem Schmortopf glasig werden lassen. Danach das Fleisch hineingeben und schnell rundum anbraten. Nach und nach Marinade zugießen, das Fleisch salzen und im geschlossenen Topf etwa eine Stunde schmoren lassen. Dabei gelegentlich den Braten herumdrehen sowie Temperatur und Flüssigkeitsstand regulieren. Der Braten soll gleichmäßig schmoren, darf aber nicht anbrennen. Danach das Fleisch herausnehmen und warm stellen.

Die Crème fraîche mit dem Stärkemehl verrühren und damit die Sauce binden. Braten und Sauce getrennt servieren.

Egal ob zum Mittag- oder Abendessen besitzt so ein knuspriger Braten auf dem Tisch eine gewisse kulinarische Dimension. Ja, ja, Borstenvieh und Schweinespeck als idealer Lebenszweck ... Wenn man von diesen ausufernden Zubereitungsvorschriften einmal absieht, das Ergebnis – gesetzt den Fall, ein brandenburgischer Landgasthof präsentiert es und du kutschierst mich hin – würde ich schon kosten wollen. Wir könnten ja hinterher anstandshalber einen kleinen Fontanespaziergang machen. Wobei ich mich auch entsinne, dass wir einst im Mai noch andere Übungen kannten, uns angenehm miteinander zu bewegen.

Punkt. Pause.

Jetzt steht's da, jetzt lösche ich es auch nicht wieder.

Anderes Thema: Was dein und mein Problem mit den lästigen langen Herstellzeiten mancher Braten usw. betrifft, so hat mich meine Mutter jüngst mit einer cleveren Variante von Schweineroulade versorgt. Diese Roulade wird nicht geschmort, sondern gegrillt, was die Garzeit günstig verkürzt, und enthält eine Farce, was, wie mir meine küchenerfahrene Mutter auseinander setzte, eine feine Füllung sei. Farce, das klingt mächtig gewaltig. Ich habe mal rasch in einem soeben erworbenen antiquarischen Kochbuchklassiker von 1896 nachgeschlagen, da steht zu lesen, dass die Farce auch »Füllsel« oder »Fasch« genannt wurde, und prinzipiell »recht fein herzustellen« sei. Die »deutsche Farce« bestand schlicht aus mit Sahne und Butter verquirlten Semmelbröseln in die kleine Rosinen oder Korinthen gehörten. Rosinen in der Roulade. Also nichts für mich und dich. Nein, im Ernst, solche höheren Weihen der Kochkunst liegen mir (auch ohne Rosinen) doch noch etwas fern. Da halte ich mich lieber an dein schlichtes, überschaubares Schnitzel. Aber da ich weiß, dass du ganz gerne mal grillst, schicke ich dir Mutters Variante mit, vielleicht findest du Spaß daran.

Gegrillte Schweinerouladen

(für 2 Personen)

2 dünne Schweineschnitzel (je ca. 150 g)
50 g Schweineleber
25 g fetter Speck
1 EL Semmelmehl
1 frisches Eigelb
1 Knoblauchzehe
Salz
gemahlener schwarzer Pfeffer
Thymian, Salbei oder andere Kräuter
2 EL kaltgepresstes Öl

Schweineschnitzel kalt abwaschen, abtrocknen, von überflüssigem Fett befreien und mit der Hand flach drücken.

Die Leber und den fetten Speck durch den Wolf drehen (oder sehr fein hacken), mit dem Semmelmehl und dem Eigelb vermischen. Die Knoblauchzehe schälen, zerquetschen und zum Fleisch geben. Das Ganze mit Salz, Pfeffer und Thymian würzen.

Diese Farce auf die Schnitzel streichen und mit Salbeiblättern und/oder anderen frischen Kräutern bedecken. Dann die Schnitzel zusammenrollen und mit Klammern oder Spießchen feststecken.

Die Rouladen mit Öl bestreichen und in den vorgeheizten Grill legen. In knapp 20 Minuten braun grillen; dabei mehrfach wenden und mit Öl bestreichen.

Kartoffelbrei

3 große Kartoffeln pro Person
(mehlig kochende Sorte)
Salz
⅛ l Milch
125 g Butter
geriebene Muskatnuss

Kartoffeln schälen, in kleine Stücke schneiden, in einem großen Topf mit kaltem Salzwasser zum Kochen bringen, bei mittlerer Temperatur 15 bis 20 Minuten köcheln lassen, bis die Kartoffeln richtig weich sind.

Derweil die Milch und die Hälfte der Butter in einem kleinen Topf wärmen, nicht kochen. Die andere Hälfte der Butter in einem noch kleineren Topf langsam erwärmen, bis sie sich goldgelb verflüssigt (Küchendeutsch: Butter »klären«). Töpfe beiseite stellen.

Kartoffeln abgießen und mit einem großen Holzquirl oder Kartoffelstampfer schnell, aber gründlich zu Brei zerstampfen. Eine spezielle Kartoffelpresse eignet sich auch gut. (Wer mag, soll elektrisches Rührgerät verwenden, das ist aber oft umständlicher als Handarbeit.)

Den groben Kartoffelbrei mit der warmen Milch plus Butter rasch glatt rühren, Brei mit Muskat und eventuell noch Salz abschmecken, auf einen vorgewärmten Teller häufen und mit der heißen Butter übergießen.

Knüller-Tipp

Kartoffelbrei kann auch mit verschiedensten frischen, fein gehackten Kräutern wie Petersilie oder Basilikum, mit zerdrücktem Knoblauch oder fein geriebenem Käse gewürzt werden.

Dazu würde ein Berg von richtigem selbst gemachtem Kartoffelbrei passen. Selbst gemacht von den erwähnten thüringischen Tanten bedeutete, dass mindestens ein Stück Butter (so um die 250 Gramm) hineingestampft wurde. Dafür lasse ich jeden Tüten-Kartoffelbrei stehen!

Übrigens gehörte dieses Rezept – in butterreduzierter Version – zu den sechs eingangs erwähnten Standards, für die ich, allem Küchenfrust zum Trotz, gelegentlich selbst Hand anlegte. Falls ich nicht wieder vergessen hatte, frische Kartoffeln einzukaufen.

Nun wirst du dich vielleicht wundern, dass ich hier den Kartoffelbrei lobe und nicht die legendären Thüringer Klöße. Gemach: Klöße gehörten bei meinen Tanten prinzipiell nicht zum Schweine- sondern zum Rinderbraten. Und außerdem finde ich deren Zubereitung nun wieder so kompliziert, dass ich sie lieber meiner thüringischen Sippe überlasse. Allein dieser Akt, die (von Hand) geriebenen rohen Kartoffeln trockenzupressen. Stell dir vor, meine ansonsten sparsamen Tanten schafften sich schon in den Sechzigerjahren extra eine kleine elektrische Wäscheschleuder an. Nicht um ihre Wäsche zu schleudern, nein, sondern nur für die Klöße. Die geriebene Kartoffelmasse wurde jedes Mal in ein Leinensäckchen extra eingenäht und dann geschleudert. Und das machen sie bis auf den heutigen Tag so. Aber es schmeckt, besonders mit Tante Hannes Rinderrouladen, einfach wunderbar.

Womit wir glücklich auf das Rind gekommen wären. Was jetzt nicht bedeutet, dass ich von meinem Lieblingsstatistiker nun wieder über den deutschen Durchschnittsverbrauch an Rinderroulade aufgeklärt werden möchte. Sorry, aber manchmal geht mit dir wirklich der olle Pauker durch. Trotzdem würde mich interessieren, ob das mit dem Rindersteak so ähnlich wie bei den Schweinelendchen läuft. Ich meine das besprochene Schuhsohlenproblem … Aber für heute höre ich auf.

Sei lieb gegrüßt von

Rieke

Das Wahnsinnsaroma: ein Gespräch über Rinderbraten und Anverwandtes

Wahnsinn, würden die Jungbrandenburger in meiner Elften sagen. Waaahnsinn, da sitzen wir hier nun tatsächlich alle beide zusammen, bei einem netten Wirt gleich neben Schloss Sanssouci, draußen scheint die Herbstsonne und wir haben lediglich die Sorge, was wir jetzt speisen wollen. Schön, dass du zu mir ins Brandenburgische gekommen bist, liebe Rieke, sei bedankt! Also, was essen wir jetzt?

Wahnsinn, also Rind, also vielleicht dieses Rumpsteak mit Champignons? Schmeckt würzig. Hat von Natur aus wenig Fett. Landet rasch in der Pfanne und ebenso rasch auf dem Teller. Da könnten wir hernach noch an die Sonne. Und außerdem hat Rind für meinen Geschmack einfach den intensiveren Biss!

Rumpsteak? Das ist so einfach, dass können wir irgendwann mal selbst machen. Brauchst nur an meine Anti-Schuhsohlen-Therapie für Schweinesteaks zu denken. Das »Kurzbraten« läuft in der Abteilung Rind alles in allem ziemlich ähnlich wie beim Borstenvieh. Nur sollte das Rindvieh eine Spur länger in der Pfanne bleiben.

Rumpsteak

2 Rumpsteaks (je 150 – 250 g)
1 TL Zitronensaft
3 EL Butter
oder Pflanzenmargarine
Salz
gemahlener schwarzer Pfeffer

Die Steaks kurz kalt abwaschen, abtrocknen, den Fettrand in geringen Abständen bis zum Fleisch einschneiden, Fleisch mit ein paar Tropfen Zitronensaft beträufeln.

Das Fett in einer Pfanne erhitzen und die Steaks hineinlegen. Öfter wenden, wobei jede Seite etwa 4 Minuten braten sollte – je nach gewünschtem Ergebnis.

Zum Schluss die Steaks salzen und leicht pfeffern.

Knüller-Tipp

Gut abgehangenes Rindfleisch ist trocken und gleichmäßig dunkelrot. Beim Schneiden löst es sich leicht von der Messerklinge.

Ebenso mühelos lässt sich jegliches kurz gebratenes Rindfleisch fantastisch mit Kräuterbutter oder Champignons oder grünem Pfeffer oder Cognac veredeln. Es macht sich auch gut mit verschiedensten Gemüsekombinationen. Als sich neulich bis auf ein paar Bananen im Gemüsefach rein gar nichts mehr fand, erinnerte ich mich vage an eine edle Variante mit Kalbssteak und Banane. Hab's ganz gut hinbekommen …

Filetsteak mit Champignons

(für 2 Personen)

6 frische Champignons
3 EL Butter
oder Pflanzenmargarine
2 Scheiben Filetsteak
(je ca. 200 g)
1 EL Zitronensaft
Salz
gemahlener Pfeffer

Die Champignons reinigen, in Scheiben schneiden und mit 1 EL Fett im eigenen Saft 5 Minuten andünsten, bis sie beinahe weich sind.

Die Filetsteaks kurz kalt abwaschen und abtrocknen, mit Zitronensaft beträufeln, auf beiden Seiten je 3 bis 4 Minuten braten. (Sie sollen außen braun, innen aber zart und rosa sein.)

Die fertig gebratenen Steaks aus der Pfanne nehmen und auf Tellern warm stellen.

In das Bratfett die Champignons geben und kurz darin gar dünsten, mit Salz und Pfeffer würzen, dann auf oder um die Steaks legen.

Pfeffersteak

(für 2 Personen)

2 Filet- oder Rumpsteaks
(je ca. 200 g)
1 EL kaltgepresstes Öl
1 EL grob gemahlener
Steakpfeffer
1 EL Butter
Salz
½ Glas Weißwein
oder Fleischbrühe
⅛ l Sahne
oder Crème fraîche

Die Steaks kurz kalt abwaschen und abtrocknen, dann auf beiden Seiten mit Öl bestreichen und den Pfeffer darüber streuen.

Dann übereinander legen und einige Stunden (evtl. über Nacht) zugedeckt im Kühlschrank ruhen lassen.

Anschließend die Steaks in einer heißen Pfanne anbraten, Butter hinzugeben, wenden und weiterbraten.

Nach etwa 6 Minuten salzen und nochmals mit Pfeffer bestreuen. Das Fleisch aus der Pfanne nehmen und warm stellen.

Den Bratensaft mit Weißwein oder Fleischbrühe aufkochen, die Sahne hinzugeben, etwas einkochen lassen, mit Salz abschmecken, Steaks hineinlegen und noch einmal kurz erhitzen.

Kalbssteak unter Blumenkohl

(für 2 Personen)

1 Blumenkohl
Salz
2 EL Butter
2 EL Mehl
Pfeffer
1 TL Zitronensaft
Muskat, Speisewürze
2 Kalbssteaks (je ca. 180 g)
2 EL kaltgepresstes Öl
20 g geriebener Parmesankäse

Den Blumenkohl putzen, in nicht zu große Röschen aufteilen und kalt waschen.

Die Röschen in ausreichend kochendes Salzwasser geben, Temperatur reduzieren, Blumenkohl in etwa 15 Minuten nicht zu weich dünsten.

Die Röschen mit einem Schaumlöffel herausheben und beiseite stellen. Aus Butter, Mehl und dem Blumenkohlwasser eine dicke Sauce bereiten, mit Salz, Pfeffer sowie dem Zitronensaft abschmecken.

Die Blumenkohlröschen dazugeben, vorsichtig umrühren und mit etwas Muskat abschmecken.

Die Steaks waschen, abtrocknen und mit Speisewürze würzen.

Das Öl erhitzen und die Steaks darin auf beiden Seiten anbraten, dann in eine feuerfeste Form nebeneinander legen und die Blumenkohlröschen mit der Sauce darauf verteilen.

Zuletzt mit dem Käse bestreuen und im Backofen bei starker Oberhitze (250 Grad; Umluftherd 200 Grad, Gasherd Stufe 6 bis 7) 10 bis 15 Minuten überbacken, bis der Käse gebräunt ist.

Knüller-Tipp

Die Blumenkohl-Grundsauce wird mit 1 bis 2 – in wenig Weißwein und einer Prise Zucker verquirlten – Eigelben plus Butter zu einer sahnigen Delikatesse.

Achtung, rohe Eigelbe niemals in eine noch auf der Herdplatte köchelnde Sauce einrühren, denn sie gerinnen in der zu großen Hitze und ziehen gelbliche Fäden.

Pfeffersteak mit grünem Pfeffer

(für 2 Personen)

2 Filetsteaks (je ca. 200 g)
20 g grüner Madagaskarpfeffer (aus der Dose)
2 EL kaltgepresstes Öl
Cognac oder Weinbrand
1 EL Butter
Salz
1 EL Sahne

Die Filetsteaks kurz kalt abwaschen und abtrocknen.
Die Pfefferkörner ohne Flüssigkeit leicht zerdrücken und auf beiden Seiten der Steaks mit dem Messer ins Fleisch drücken.

Das Öl in einer Pfanne erhitzen und die Steaks braten.

Zwei Schnapsgläser Cognac darüber gießen und anzünden. Wenn die Flamme erloschen ist, Butter in die Pfanne geben und schmelzen lassen.

Die Steaks mit Salz bestreuen, herausnehmen und warm stellen.

Die Bratensauce mit einem Löffel Sahne anreichern, dann über die fertigen Steaks geben.

Kalbssteak mit Banane

(für 2 Personen)

2 Kalbssteaks (je ca. 180 g)
2 EL Mehl
2 EL Öl
Salz
gemahlener weißer Pfeffer
2 Bananen
3 EL Butter
oder Pflanzenmargarine
2 TL Mango-Chutney
2 Stängel Petersilie

Die Kalbssteaks kurz kalt waschen, abtrocknen und von den Sehnen und der Haut befreien.

Das Fleisch im Mehl wenden und im heißen Öl in der Pfanne auf beiden Seiten je 5 Minuten braten. Mit etwas Salz und Pfeffer bestreuen.

Die Bananen schälen, der Länge nach halbieren und im Fett ganz kurz anbraten.

Die Steaks auf vorgewärmte Teller legen, die Bananen mit Mango-Chutney auf den Steaks anordnen. Den Rest Fett aus der Pfanne darüber träufeln. Petersilie waschen, hacken und über die Steaks streuen.

Also gut, kein Steak. Na, und die Rinderleber kommt wohl auch nicht infrage. Weißt du noch, wie wir uns mal gestritten haben, als ich ohne viel nachzudenken zwei Scheiben Schweineleber eingekauft hatte und du eine Grundsatzdebatte über das unzuträgliche Aroma der Schweineleber vom Zaun gebrochen hast?
Na, in Grundsatzdebatten warst du aber auch nicht schlecht. Erinnere dich bloß an deine Prinzipienreiterei in Sachen Gemüse: Du wolltest es wegen der Vitamine halbroh, ich wegen des Geschmacks anständig mürbe gegart. Dabei haben wir uns eigentlich über uns gezankt, nicht übers Aroma …

Gebratene Leber

1 Scheibe Leber (120 g)
Salz
2 EL Mehl
2 EL Butter
oder Pflanzenmargarine
gemahlener Pfeffer

Die Leber abwaschen, abtrocknen, von der Haut befreien, salzen und in Mehl wenden.

Das Fett leicht bräunen lassen und die Leber darin von beiden Seiten etwa 4 Minuten braten.

Wenn die Leber gar ist, nach Geschmack mit Pfeffer würzen.

Ich weiß, ich weiß, um Rindfleisch wird im Moment wahnsinnig viel geredet. Ich gehe da eher pragmatisch heran, freue mich an den verbraucherfreundlichen Preisen und achte beim Einkaufen letztlich nur darauf, dass die Fleischscheiben keine dunklen Flecken oder Ränder haben. Dann lagen sie zu lange in der Fleischtheke. Hinter der, du Statistiker, übrigens zu fast hundert Prozent höchst desinteressiertes weibliches Verkaufspersonal steht. Also weißt du, erst nervst du mit dem Versicherungsmenschen und nun mutmaßt du bei mir irgendwelche erotischen Beziehungen zum Schlachter. Schlachter, nicht Metzger. Der Mensch und sein Laden haben bei uns an der Küste mitnichten mit irgendwelchen Metzeleien zu tun. Einen Metzger gibt's nur, wenn sich irgendein bayerischer Großschlachter ins Hanseatische drängt. Ich dachte, das wäre in Berlin genauso. Wobei ich mich jetzt erinnere, dass sie im ehemaligen Preußen zum Schlachter Fleischer sagen. Wahrscheinlich hast du das Wort »Metzger« von deinen nassauischen Vorfahren …

Weil wir gerade beim Regionalen sind, möchte ich dir ein fleischliches Friedensangebot machen: Es gibt nämlich eine berlinische Koexistenzvariante zwischen Rind und Schwein, die mir sehr zusagt: eine handfeste Berliner Bulette! In dieser Speisekarte hier kommt sie unter der etwas edleren Bezeichnung Beefsteakhack vor.

BULETTEN

1 kleine Zwiebel
½ Brötchen
(notfalls 2 EL Semmelmehl)
250 g gemischtes Hackfleisch
(½ Rinder-, ½ Schweinehack)
1 frisches Ei
Salz
gemahlener schwarzer Pfeffer
2 EL Butter
oder Pflanzenmargarine

Die Zwiebel schälen und fein hacken. Das Brötchen in Wasser einweichen und anschließend gut ausdrücken.

Das Hackfleisch mit dem halben Brötchen (notfalls mit eingeweichtem Semmelmehl), dem Ei, der Zwiebel und mit etwas Salz und Pfeffer gut verkneten.

Die Mischung zu Fleischbällen formen, die anschließend flachgedrückt werden.

Das Fett in der Pfanne erhitzen, die Buletten hineinlegen, beidseitig bei starker Hitze anbraten, dann bei mittlerer Hitze etwa zehn Minuten knusprig durchbraten.

Beefsteakhack

5 kleine Zwiebeln
250 g gemischtes Hackfleisch
(½ Rinder-, ½ Schweinehack)
1 EL Cognac
Salz
Cayennepfeffer
1 EL kaltgepresstes Öl
1 Päckchen Knoblauchbutter

Eine Zwiebel schälen und fein hacken. Das Hackfleisch mit der Zwiebel, dem Cognac, Salz und Cayennepfeffer würzig abschmecken.

Aus dieser Masse 8 kleine Bälle formen und diese etwas flach drücken.

Die restlichen 4 Zwiebeln schälen, halbieren und in die Mitte jedes Fleischbällchens eine Zwiebelhälfte drücken. Den Grillrost mit Öl bepinseln und den Ofen vorheizen.

Die Zwiebelhälften mit der Knoblauchbutter bestreichen und alle Fleischbällchen mit der Zwiebel nach oben auf den Grillrost legen. So lange grillen, bis das Fleisch braun ist und auch die Zwiebeln Farbe angenommen haben.
Die Zwiebeln zwischendurch immer mit der Knoblauchbutter bepinseln, damit sie nicht trocken und schwarz werden.

Also, mein Lieber, Bulette ist mir heute zu profan, schließlich haben wir was zu feiern …

Feiern? Geburtstag hattest du schon, Innensenator von Hamburg bist du noch nicht geworden, Weihnachten kommt erst, was bitte feiern wir?

Uns. Und die Tatsache, dass du mir eben ein Friedensangebot gemacht hast. Es lebe die friedliche Koexistenz zwischen Rind, Schwein, meinem Messerbänkchen und deiner Angewohnheit, Ananassaft aus der Konservendose zu schlürfen, meinem Waschzwang und deiner Schlampigkeit … Soll ich weitermachen?

Fein, dann müssen wir uns nur noch wieder auf eine gemeinsame Temperatur unseres gemeinsamen Badewassers einigen.

Mhm. – Wie wäre es mit diesem Sahnegeschnetzelten mit dem komischen Namen. Wir sollten uns jetzt entscheiden, damit du mir nicht verhungerst. Hunger macht böse … Zur Ablenkung erzähle ich dir einen lustigen Fall, den ich in Hamburg gerade auf dem Schreibtisch habe: jemand, der sich mit einem Eheanbahnungsinstitut streitet, weil er zwar zehntausend Mark hinblätterte, aber dann von dem Heiratsvermittler immer nur Frauen serviert bekam, die nicht richtig kochen konnten. Wirklich!

Also, die Sorge habe ich nicht. Und ich habe sogar daheim im Rüdersdorfer Kalk meine Küche aufgeräumt, das Konservenregal aufgefüllt und deinen Lieblingscognac erstanden. Wir können also ein komplettes Wochenende lang unser Kochseminar fortsetzen … Okay, nehmen wir das Geschnetzelte!

Meine liebe Wahnsinnsköchin,

mir geht es einfach prächtig! Findest du nicht auch, dass wir uns zu dem Gedanken, nach dem Kochen nicht die Küche, sondern unsere Seele aufzuräumen und zu genießen, nur gratulieren können?

Aber weil wir dann so intensiv mit anderem beschäftigt waren, konnte ich letztens zum Küchendialog über das Rindergeschnetzelte gar nicht mehr mein Lieblingsrezept beisteuern. Es handelt sich bei diesem speziellen Gericht um ein Landgasthofrezept, das vor gewissen Zeiten von ostwärts kultiviert wurde und nun – wie meine Soljanka – hierzulande zur gediegenen Speisekarte irgendwie dazugehört: das Filetgulasch Stroganow.

Wie alle guten Sachen verträgt nämlich auch das Rindfleisch neben der Naturellversion, bei der das Aroma relativ pur auf die Zunge kommt, ziemlich viele Variationen. Allerdings sind die dann meist arbeitsaufwendiger. Für besagtes Filetgulasch richte dich auf ein intensives halbes Stündchen am Schneidebrett ein, schärfe dein handlichstes Fleischmesser und gönne dir zunächst einen ermunternden Schluck Rotwein. Das passt wunderbar, laut Rezept hättest du sowieso eine Flasche öffnen müssen. Außerdem kommst du so der Situation nahe, in der dieses wirklich edle Gulasch kreiert wurde. Mein Potsdamer Lieblingswirt kolportierte mir die Story folgendermaßen:

Weil das ihm servierte Rinderfilet trocken und überhaupt ungenießbar war, soll der Kosakenfürst Stroganow

sich in einem Petersburger Nobelrestaurant wütend und voll des süffigen roten Krimweines zuerst den Koch, dann dessen Rindfleisch- und Küchenvorräte mit seinem Säbel vorgenommen haben. Der verprügelte Koch klaubte anschließend die Schnipsel zusammen, briet sie kurz an, und tat (weil die an so ziemlich alle russischen Gerichte gehört) saure Sahne dazu. Der vom Restaurantchef mit einer weiteren Flasche Krimwein besänftigte Stroganow überwachte das Geschehen, kostete, und löschte das Gulasch mit seinem Roten ab. Nun solltest du das Rinderfilet nicht prügeln, sondern einfach in schlanke Streifchen schneiden. Wie viel Rotwein du sowohl für deine gute Laune, als auch für das Stroganow brauchst, bleibt dir überlassen.

Filetgulasch Stroganow

250 bis 300 g Rinderfilet
(Filetspitzen)
1 kleine Zwiebel
125 g Champignons
2 EL Butter
trockener Rotwein
1 kleine Gewürzgurke
⅛ l saure Sahne
1 EL Mehl
½ TL scharfer Senf
1 EL kaltgepresstes Öl
Salz
gemahlener weißer Pfeffer
1 EL Zitronensaft

Das Filet abspülen, trocknen und in kurze, schmale Streifen schneiden.

Zwiebel schälen und würfeln, die Champignons putzen und in Scheiben schneiden. Beides in einer großen Kasserolle in Butter rösten bis die Zwiebelstückchen braun werden.

Den Rotwein und die in kleine Stifte geschnittene Gurke hinzugeben.

Die saure Sahne (von der etwa 1 EL voll noch gebraucht wird) klumpenfrei mit dem Mehl verrühren und ebenfalls an die Gulaschsauce geben. Anschließend den Senf unterrühren. (Wer dessen Geschmack nicht mag, kann ihn weglassen.) Kurz aufkochen lassen, von der Herdplatte nehmen und beiseite stellen.

Das Fleisch in einer Pfanne mit heißem Öl rund 5 Minuten lang gut anbraten, dann in die Kasserolle gleiten lassen.

Alles zusammen abermals aufkochen und zuletzt mit Salz, Pfeffer und Zitronensaft abschmecken. Zum Schluss kommt ein Löffel saurer Sahne obenauf; falls der im Eifer des Gefechtes nicht aufbewahrt wurde, geht auch Crème fraîche o. Ä.

Dieses Filetgulasch besitzt zudem den Vorteil, in relativ kurzer Bratzeit fertig zu werden. Was man vom gewöhnlichen Rindergulasch nicht behaupten kann. Auch der Rinderbraten dauert ewig und ebenso die Rinderroulade. Da es sich bei den drei genannten Gerichten um deutsche Küchenklassiker handelt, die ähnliche Probleme aufwerfen, sollte man sie gelegentlich mal trainieren. Die Grundfrage, so der besagte Potsdamer Wirt, lautet in allen Fällen: Warum wird Rind so oft nicht richtig braun. Womit wir bei den Geheimnissen des »Anbratens« wären. Noch einmal: Alles Fleisch kann nur durch Anbraten gebräunt werden und nicht durch späteres Zugießen von Kaffeesatz, Rotwein oder Lebensmittelfarbe … Na gut, das war kein ernst zu nehmender Beitrag. Aber im Ernst, das Fett zum Anbraten kann gar nicht heiß genug sein, damit sich die Poren sofort schließen. Denke immer an die Steaks und Anverwandtes: Jeder Milliliter Fleischsaft, der während des Anbratens austritt, macht dein Rindfleisch zäher! Und noch etwas: Auch hier nie zu früh zum Salz greifen. Ferner sollte jegliches Fleisch auch nie zu lange im Kühlschrank herumliegen und dort austrocknen. Außerdem bringt es nichts, eiskaltes Fleisch sofort anbraten zu wollen. Gerade bei Gulasch ist damit ein Missgeschick meist vorprogrammiert.

Ansonsten bleibt's dabei, Freitagabend mache ich mich gen Norden auf die Räder.

Küss die Hand gnä' Frau und … und so weiter

dein John

PS: Falls dich dein neuer Küchenehrgeiz packt, du auch ohne mich eine dieser schwierigen Rinderbratengeschichten ausprobierst und am Ende irgendwie nicht genug Sauce übrig geblieben sein sollte, schicke ich noch das Grundrezept für dunkle Sauce mit. (Die im Supermarkt erhältliche Instantvariante schmeckt eben doch etwas nach Haushaltschemie …)

Dunkle Grundsauce

1 kleine Zwiebel
2 EL Butter
oder Pflanzenmargarine
3 EL Mehl
1 TL Tomatenmark
¼ l Fleisch- oder Gemüsebrühe
oder Bratenfond
Salz
gemahlener schwarzer Pfeffer

Die Zwiebel schälen und fein hacken.

Fett in einem Topf zerlassen, die Zwiebel und das Mehl darin unter ständigem Rühren dunkelbraun rösten.

Das Tomatenmark hinzugeben und allmählich mit heißer Fleisch- oder Gemüsebrühe oder dem beim Braten entstandenen Fond auffüllen.
10 Minuten lang bei mittlerer Hitze kochen lassen, salzen und pfeffern.

RINDERSCHMORBRATEN

(für 2 bis 3 Personen)

500 g Rinderbraten
(Bug oder Keule)
1 Zwiebel
gemahlener schwarzer Pfeffer
2 EL Butter
oder Pflanzenmargarine
Salz
1/8 l saure Sahne
1 TL Stärkemehl

Das Fleisch abwaschen und abtrocknen. Wenn nötig, die Haut entfernen. Die Zwiebel schälen und grob würfeln.

Mit Pfeffer einreiben und von allen Seiten im heißen Fett braun anbraten. Die Zwiebelstücke mitbraten.

Einen Viertelliter kochendes Wasser hinzugießen, salzen und alles ganz langsam in 1 bis 1½ Stunden gar schmoren lassen. (Bei mehr Fleisch entsprechend länger.)

Kurz vor dem Anrichten die Hälfte der Sahne über den Braten gießen. Das Stärkemehl mit einem Sahnerest verrühren und die Sauce damit binden.

KNÜLLER-TIPP

Wenn man 2 bis 3 klein geschnittene Tomaten mitschmort, bekommt die Sauce ein interessantes säuerliches Aroma; eine andere Nuance erreicht man mit der Zugabe von 1 bis 2 Gläsern trockenen Rotweins nach dem Anbraten.

RINDERROULADEN

(für 2 Personen)

2 große dünne Scheiben Rinderrouladenfleisch (je 150 bis 200 g)
Salz
gemahlener schwarzer Pfeffer
Senf
3 Zwiebeln
1 Mohrrübe
etwa 100 g Speck
1 saure Gurke oder Gewürzgurke
2 EL Butter oder Pflanzenmargarine
⅛ l saure Sahne oder Crème fraîche
1 bis 2 TL Stärkemehl

Die Rouladenscheiben gut waschen und abtrocknen, von Fettresten befreien und mit Salz und Pfeffer bestreuen, eventuell zusätzlich mit Senf einreiben.

Die Zwiebeln schälen und 2 davon in Scheiben schneiden. Die Mohrrübe putzen. Den Speck würfeln. Die Gurke in Scheiben schneiden.

Die Rouladen mit dem Speck, Gurken- und Zwiebelscheiben belegen, dann aufrollen und mit einer Klammer oder Rouladennadel feststecken.

Im heißen Fett von allen Seiten kräftig braun anbraten, ⅛ l heißes Wasser, die 3. Zwiebel und die Möhre hinzufügen und alles im geschlossenen Topf etwa 1 Stunde schmoren lassen.

Zuletzt saure Sahne oder Crème fraîche darunter rühren und die Sauce durch ein Sieb gießen.

Die Sauce mit in Wasser angerührtem Stärkemehl binden und getrennt zu den Rouladen reichen.

RINDERGULASCH

350 g mageres Rinder-
gulaschfleisch
2 EL Butter
oder Pflanzenmargarine
1 EL Mehl
1 kleine Zwiebel
Salz
Cayennepfeffer
evtl. 1 EL Stärkemehl

Das gewaschene, abgetrocknete Fleisch in Würfel schneiden, in heißem Fett bräunen und herausnehmen.

Im gleichen Fett das Mehl anbräunen, ¼ l Wasser hinzugießen, durchkochen lassen und das Fleisch wieder hineinlegen, sodass es knapp bedeckt ist.

Die Zwiebel schälen, hacken und zusammen mit Salz und Cayennepfeffer hinzufügen. Unter mehrfachem Umrühren 1½ Stunden kochen lassen.

Die Sauce kann mit in etwas Wasser angerührtem Stärkemehl gebunden werden.

Rinderbrust mit Meerrettichsauce

300 g Rinderbrust
ohne Knochen
1 kleines Bund Suppengrün
2 El Butter
oder Pflanzenmargarine
Salz
2 EL süße Sahne
1 TL Mehl
1 EL geriebener Meerrettich
(frisch oder aus dem Glas)
1 TL Zitronensaft
Zucker

Das Fleisch waschen, abtrocknen und mit dem Suppengrün im heißen Fett andünsten.

Einen Viertelliter kochendes Wasser aufgießen, salzen und das Fleisch im verschlossenen Topf gut 1 Stunde dünsten lassen.

Dann das Fleisch herausnehmen, die Sahne mit dem Mehl verquirlen und damit die Sauce binden.

Mit Meerrettich, Zitronensaft und Zucker abschmecken.

Von Fischstäbchen in Orangenrahm bis Karpfen in Badeöl

Genug Braten geschlemmt, mein Lieber: Wenn ich mich so im Badezimmerspiegel betrachte, dann überkommt mich das Gefühl, dass ich etwas Leichteres auf meinem Mittagstisch brauche. Unsere üppigen Fleischtöpfe scheinen allmählich auf meinen Hüften Spuren zu hinterlassen. Und wenn wir dann wirklich nächstes Jahr zusammen an die Algarve zum Baden fahren …

Mal abgesehen davon: Schließlich habe ich mir diesen Job im Norden gesucht, weil ich Seeluft und Möwengeschrei liebe, den hohen blassblauen Himmel, den Salzgeschmack des Meeres und – jawohl – frischen Seefisch (alles außer Aal)! Dass Fisch so gesund ist, stört mich weniger, vor allem muss er schmecken.

Ehrlich gesagt beschränkten sich allerdings meine bisherigen Selbstversuche als Fischköchin auf das Braten von Fischstäbchen. Du kannst es dir vorstellen: In höchster Not aus dem Tankstellenshop geholt, gehörten sie zum Grundrepertoire der eiligen Küchenignorantin. Allerdings habe ich mir dann Mühe gegeben, die Sache zu verfeinern, meist mit Ketchup oder mit irgendwelcher Salatfertigsauce. Manchmal fühlte ich mich auch zu Höherem berufen und meine Fischstäbchen in Orangenrahm würdest selbst du Feinschmecker mögen.

Fischstäbchen in Orangenrahm

3 unbehandelte Orangen
1/8 l süße Sahne (Schlagsahne)
Salz
Zucker
gemahlener weißer Pfeffer
Paprikagewürz
evtl. 1 TL weißer Saucenbinder
½ Packung Tiefkühl-Fischstäbchen (etwa 150 g)
3 EL Speiseöl

Die obere Schale einer zuvor gründlich unter fließend heißem Wasser gewaschenen Orange zu etwa einem Viertel abreiben (nur die orangefarbene Oberschicht, nicht die weiße Unterhaut).

Eine der Orangen völlig auspressen. Die anderen beiden schälen und so gut es geht filetieren. Es sollte nur Fruchtfleisch mit möglichst wenig feinen Häutchen übrig bleiben.

Die Sahne in einem kleinen Topf langsam erhitzen und unter ständigem Rühren den Orangensaft und die abgeriebene Orangenschale dazugeben. Mit wenig Salz, Zucker, Pfeffer und Paprikagewürz abschmecken.

Falls die Sauce zu dünn erscheint, mit etwas hellem Saucenbinder überstäuben und unter ständigem Rühren (Vorsicht, Klümpchen!) andicken. Zum Schluss das Orangenfruchtfleisch hinzufügen, noch einmal kräftig durchrühren und den Topf beiseite stellen.

Die gefrorenen Fischstäbchen in einer Pfanne mit heißem Öl auf beiden Seiten 2 Minuten goldbraun braten, mit dem Orangenrahm auf einem angewärmten Teller anrichten und sofort servieren.

Knüller-Tipp

Fischstäbchen – wie jede andere Art von paniert eingefrorenem Fisch – erst in dem Augenblick aus dem Tiefkühlfach nehmen, zu dem die Pfanne samt Bratöl schon heiß ist. Andernfalls hält die angetaute Panade während des Bratens und Wendens nicht am Fisch und das Ganze wird recht matschig.

Klingt gut, oder? Liebhaber fernöstlicher Geschmacksnuancen können den Orangenrahm entweder mit einer guten Prise Safranfäden oder zerstoßener Macisblüte verfeinern. Trotzdem, Fisch ist das eigentlich nicht. Sicher wirst du brandenburgischer Landmensch einwenden, wenn ich Dorsch oder Rotbarsch wolle, es gäbe doch in jedem Supermarkt eine einschlägige Kühltruhe mit gefrostetem Fischzeug. Sicher. Und dir schmeckt der bestimmt auch. Aber da bin ich durch meine küstenständige Mutter- und Großmüttertradition vorbelastet: Fisch muss frisch unters Messer und dann in die Pfanne. Das führte bei meiner absolut resoluten Kirchdorfer Oma zu den wildesten Frischeaktionen. Höhepunkt (und Ursache meiner Aalallergie): als Oma eines schönen Mittags, im herrlichsten Platt fluchend, ziemlich vergeblich Jagd auf ein Dutzend Aale machte. Die Viecher hatte Oma eine Stunde zuvor unten am Kirchdorfer Hafen von Fischer Kruse erstanden. Kruse genoss ihr vollstes Vertrauen, sein Fisch war wirklich frisch. Bei Dorsch oder Scholle prüft man das an den Kiemen. Sie müssen deutlich hellrot sein. Frischer Aal muss fleißig zappeln. Aal grün oder Aal in Butter gebraten aß ich leidenschaflich gern! An jenem Ferientag allerdings war die Schüssel zu voll geworden. Oma erwartete irgendeinen Mittagsgast und hatte bei Kruse nicht gespart. Nun flutschte unser frisches Mittagessen über den Küchenfußboden. Meine rundliche Oma war einfach nicht flink genug, so wurde ich Kind angestellt, die schlüpfrigen Fischleiber einzufangen. Die Aale hatten sich inzwischen mit erstaunlichem Überlebensdrang in sämtliche Küchenwinkel geflüchtet, waren nur mit Mühe herauszuzerren und gelangten teilweise ziemlich eingestaubt und zerdrückt von meinen Kinderfäusten in die Schüssel zurück. Angesichts dessen verging mir Lust auf »Aal grün« ein für alle Male. Das Kirchdorfer Frischeverdikt liegt mir trotzdem im Blut.

Lieber John, allmählich kenne ich nun die meisten guten – aber allesamt reichlich teuren – Fischrestaurants rund um Hamburgs innerstädtische Büromeile und habe im Sushiladen gegenüber unserer Anwaltskanzlei mehr Geld gelassen, als meinem Haushaltsbudget gut tut. Fazit: Ich probiere es mal selbst. Zuerst braucht es dazu allerdings einen vertrauenswürdigen Fischhändler, der frische Schollen anbietet. Omas gebratene Scholle – mein Gott, wie lange das her ist. Oder der dicke gekochte Dorsch mit dem frischen Gartengemüse drum herum. Zugesehen habe ich ja seinerzeit oft genug: Lebende Fische betäubte man zuerst mit einem kräftigen Schlag, anschließend wurde ihnen mit einem kräftigen, tiefen Schnitt dicht hinter dem Kopf das Rückgrat durchschnitten. Schuppige

Exemplare wurden dann in einer Aluminiumschüssel unter Wasser weiter bearbeitet. Um die Schuppen herunterzubekommen, fährt man mit einem stabilen Messerrücken entgegen der Richtung, in der die Schuppen gewachsen sind, über den Fischkörper. Oma führte mir einmal vor, wie die Schuppen in der Küche umherspritzten, wenn sie den Fisch nicht unter Wasser hielt. Die im Handumdrehen entstandene Schweinerei auf Küchentisch und Fußboden überzeugte mich, dass es besser sei, sich beim Fischeentschuppen im eiskalten Wasser die Hände rot zu frieren, als hinterher die unendlich vielen Schuppen womöglich noch auf der Küchenlampe zusammenzuklauben. Zum Ausnehmen muss jeder Fisch vom Schwanzansatz bis kurz vor dem Kopf aufgeschlitzt werden, dann entfernt man die Innereien und spült die Bauchhöhle gründlich unter fließendem Wasser aus. Natürlich: Auch beim frischesten Fisch riechen anschließend Arbeitsbrett, Messer und vor allem die Hände der Köchin deutlich nach Fisch. Wonach auch sonst? Oma wusch sich die Hände mit Kernseife. Später auch mit Zitronensaft. Rot geschrubbt und blitzsauber waren sie dann tatsächlich, trotzdem mochte ich es nicht, wenn sie mir an solchen Tagen übers Haar strich. So sehr ich Fisch auf dem Teller mag, ich rieche nicht gerne nach ihm. Weißt du, ich werde mir einen Fischhändler suchen, der so solide ist wie seinerzeit Omas Fischer Kruse. Dem ich glauben kann, dass sein Schollenfilet aus der Auslage am Morgen noch im Bassin herumgeschwommen ist … So, jetzt aber die Rezepte:

Gebratenes Schollenfilet

(für 2 Personen)

2 Schollenfilets
(frisch oder tiefgekühlt)
Saft von ½ Zitrone
4 EL Mehl oder Semmelmehl
3 EL Butter
oder Pflanzenmargarine
Salz

Die Schollenfilets mit dem Zitronensaft beträufeln, etwas ziehen lassen.

Inzwischen das Mehl oder Semmelmehl auf einen großen flachen Teller schütten und das Fett in einer geräumigen Pfanne erhitzen.

Schollenfilets salzen und gründlich in dem Paniermehl wälzen, dann in der heißen Pflanzenmargarine von beiden Seiten je etwa 8 Minuten bei mittlerer Hitze garen.

Gedünsteter Kabeljau

(für 2 Personen)

2 Kabeljaufilets (je ca. 200 g; frisch oder tiefgekühlt)
Saft von einer ½ Zitrone
Salz
1 Glas Weißwein
1 Zwiebel
3 EL Butter oder Pflanzenmargarine
20 g Speck
1 EL Mehl
1 frisches Eigelb
gemahlener weißer Pfeffer

Den Backofen auf 200 Grad vorheizen (Umluftherd 160 Grad, Gasherd Stufe 4 oder 5).

Die Filets mit Zitrone beträufeln, leicht salzen. Fisch in eine Kasserolle oder Pfanne legen, den Wein bis auf einen kleinen Rest darüber gießen und im Backofen 15 bis 20 Minuten garen lassen, aber nicht kochen.

Die Zwiebel schälen und klein schneiden. Den Speck in Würfel schneiden. Im heißen Fett andünsten, das Mehl darüber stäuben und mit der Brühe vom Fisch auffüllen, alles gut durchkochen lassen und dann den Topf vom Herd nehmen.

Das Eigelb mit dem restlichen Wein verquirlen und in die Sauce rühren. Gut mit Salz und Pfeffer abschmecken und zum Kabeljau servieren.

Knüller-Tipp

Fisch sollte stets vor dem Braten etwas angesäuert werden. Ist der Zitronensaft ausgegangen, funktioniert es notfalls mit (wenigen Tropfen) Essig.

Gebackener Kabeljau

(für 3 bis 4 Personen)

1 ganzer Kabeljau
(ca. 800 bis 1000 g)
Saft von ½ Zitrone
1 bis 2 EL Senf
1 EL Tomatenmark
2 EL geriebener Käse
2 EL Semmelmehl
40 g fetter Speck
¼ l saure Sahne
Salz
1 TL heller Saucenbinder

Den Backofen auf 200 Grad (Umluftherd 160 Grad, Gasherd Stufe 4 oder 5) vorheizen. Den Fisch innen und außen waschen, abtrocknen und mit dem Zitronensaft beträufeln. Ringsum mit Senf und Tomatenmark bestreichen und in die Pfanne legen.

Den Käse und das Semmelmehl vermengen und über den Fisch streuen.

Den Speck in Streifen schneiden, den Fisch damit belegen und etwa 25 Minuten im Backofen überbacken.

Anschließend den Fisch mit der sauren Sahne begießen. Die verbleibende Sauce mit Salz abschmecken und nach Geschmack mit Saucenbinder sämig machen.

Dorsch im Gemüsebett

(für 3 bis 4 Personen)

ca. 750 g Dorsch
(oder Seelachs)
Saft von 1 Zitrone
Salz
Fischgewürz
4 EL Butter
300 g Möhren
2 kleine Zwiebeln
1 EL Mehl
¼ l Milch
gemahlener weißer Pfeffer
Zucker
2 Zweige Petersilie

Den Backofen auf 200 Grad (Umluftherd 160 Grad, Gasherd Stufe 4 oder 5) vorheizen. Den Fisch abwaschen, abtrocknen und mit dem Zitronensaft beträufeln, mit Salz und etwas Fischgewürz einreiben und in eine flache Kasserolle legen. Wenn nötig, die Bauchhöhle des Fisches mit etwas Alufolie anheben.

Anschließend den Fisch mit einigen Butterflöckchen belegen und im Backofen etwa 30 Minuten braten.

Inzwischen die Möhren putzen, waschen, in Scheiben schneiden und in 1 EL Butter und etwa 3 EL Wasser gar dünsten. Topf beiseite stellen.

Die Zwiebeln schälen und in Würfel schneiden. In einer Pfanne in dem übrig gebliebenen heißen Fett goldgelb dünsten.

Das Mehl hineinstreuen, eine helle Schwitze bereiten und mit der Milch ablöschen. Durchkochen lassen und mit Salz, Pfeffer, Zitronensaft und einer Prise Zucker abschmecken.

Den gebratenen Fisch auf eine vorgewärmte Platte legen. Die Petersilie waschen, hacken und auf das Möhrengemüse streuen. Um den Fisch herum anordnen. Mit der Zwiebelsauce servieren.

Mein lieber John,

dies waren einige der Sachen, die ich mag und gerne einmal mit dir zusammen zu kulinarischen Höhepunkten führen würde. Zumal es bei den unzerteilten Fischen sowieso nur lohnt, wenn man sie mindestens zu zweit verspeist. Überhaupt, es soll ja viel gesünder sein, zu zweit zu essen. Und dann las ich neulich so eine Nachricht, die ich dir, meinem erklärten Lieblingsstatistiker, nicht vorenthalten möchte: Ehemänner leben länger.

Johnny, nun sieh die letzte Bemerkung nicht als einen versteckten Angriff auf deine individuelle Freiheit und deine basis-chaotische Küchenführung an … Außerdem schwöre ich dir, nie wieder eröffne ich einen Glaubenskrieg darüber, ob Seefisch nun mit blankem Weizenmehl oder mit geriebener Semmel paniert werden muss. Und die fischölverkrustete Bratpfanne können wir ja heutzutage glücklicherweise der Spülmaschine anvertrauen, müssen uns nicht darüber streiten, wer abwäscht.

Vielleicht sollten wir unsere früheren Küchen- und Speisenkatastrophen eher als heitere Erinnerung behalten und nicht als drohende Gefahr vor jeglichem Neubeginn. Zum Beispiel würde ich eidesstattlich versichern, dass ich nie wieder verlange, den lebend gekauften Silvesterkarpfen erst drei Tage lang in der Badewanne herumschwimmen zu lassen, damit eventueller Modergeruch im Trinkwasser vergeht. Die Tatsache, dass du – zur tiefen Verschnupfung meiner Frau Mama – standhaft den Verzehr jenes Fisches am Neujahrstag verweigert hast, wird mir zu Hause immer noch vorgehalten. Inzwischen weiß ich allerdings, dass du völlig zu Recht einen gewissen künstlichen Geschmack festzustellen glaubtest. Mein kleiner Bruder, das Früchtchen, hat mir nämlich später mal gestanden, dass er mit diesem fischigen Lebewesen in der häuslichen Badewanne Experimente anstellte. Weil gerade Silvester war, fand das Bruderherz, ein Karpfen habe auch ein Recht auf eine Flasche Bier im Wasser. Als es dann in unserem Bad wie in einer Eckkneipe roch, verfiel er auf die Idee, das Bieraroma mit Badeöl im Wasser zu überspielen. Wie er beteuerte, sei ihm dann aber doch klar geworden, dass Karpfen in Badeöl nicht zu den Delikatessen zählt. Er habe anschließend sofort das Wasser erneuert. Was ich nach wie vor erstaunlich finde, ist, dass der Fisch dies alles klaglos überstand und angeblich erst am nächsten Vormittag unter Mutters Messer verschied. Aber vielleicht behauptet sie das auch nur standhaft, weil sie sich keinen anderen Rat wusste, als mit einem schon leblosen, aber in mustergültig klarem Wasser treibenden Karpfen das Neujahrsmahl zu richten.

Nun gut, das Bruderherz ist inzwischen beim Bund und hoffentlich auf dem Wege, erwachsen zu werden. Also: Karpfen in Badeöl kommt bei mir nicht mehr vor. Karpfen oder Forelle blau müssen ja deswegen nicht vollends ignoriert werden, oder?

FORELLE BLAU

1 Zwiebel
1 Mohrrübe
1 Kräutersträußchen
1 Glas Wein (Riesling)
4 EL Weinessig
Salz
1 Forelle (pro Person)
Zitronenscheiben
Petersilie

Die Zwiebel schälen und in Ringe schneiden, die Mohrrübe putzen und in Scheiben schneiden. Die Kräuter waschen.

Einen halben Liter Wasser mit der Zwiebel, der Mohrrübe, dem Weißwein, dem Essig, Salz und dem Kräutersträußchen aufkochen lassen.

Die Forelle waschen, in die kochende Brühe legen und etwa 6 Minuten zugedeckt ziehen lassen. Das Wasser darf nicht mehr kochen. Sobald die Augen hervortreten und die Bauchlappen sich nach außen biegen, ist der Fisch gar.

Nun vorsichtig die Forelle herausheben und abtropfen lassen. Auf einen vorgewärmten Teller legen, mit den Zitronenscheiben und der Petersilie garnieren.

Karpfen blau

(für 3 bis 4 Personen)

1 Karpfen (ca. 1 kg)
Salz
2 EL Essig
1 EL kaltgepresstes Öl
¼ l Schlagsahne
1 – 2 EL geriebener Meerrettich
1 TL Zitronensaft
½ TL Zucker

Den gewaschenen, aber nicht geschuppten Karpfen innen mit Salz einreiben und außen mit heißem Essig begießen, wodurch er sich blau färbt.

Auf eine zum Servieren bestimmte feuerfeste Porzellanplatte legen und mit Alufolie, die auf der Unterseite mit Öl bestrichen ist, bedecken.

Den Karpfen im Backofen auf der untersten Schiene in 40 bis 50 Minuten bei 200 Grad (Umluftherd 160 Grad, Gasherd Stufe 5 bis 6) garen. Der so im eigenen Saft gegarte Karpfen behält sein volles Aroma.

Die Schlagsahne und den Meerrettich mischen, mit Zitronensaft und Zucker abschmecken und zum Fisch servieren.

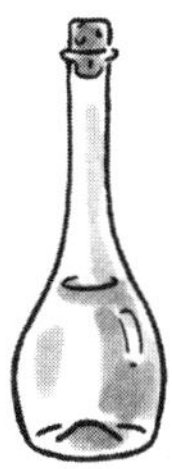

Während der Karpfen natürlich eine mittlere Staatsaktion bleiben wird, gefällt mir an jeglichem rasch in etwas Wasser oder besser noch Weißwein gedünsteten Fisch, dass er meine Fantasie herausfordert. Denn er schreit nach irgendwelchen kräftigen Ergänzungen. Und da muss es keineswegs immer Mohrrübe oder Petersilie sein. Neulich fand ich im Internet beispielsweise ein Rezept für Champagnersauce, mit dem ich vermutlich sogar meine philosophischen Superköchinnen aus der Kanzlei beeindrucken könnte. Oder vielleicht dich?

CHAMPAGNERSAUCE

⅛ l Schlagsahne
1 EL Butter
oder Pflanzenmargarine
1 EL Mehl
⅛ l Champagner oder Sekt
1 frisches Eigelb
Salz
gemahlener weißer Pfeffer

Die Sahne steif schlagen und in den Kühlschrank stellen.

Mit Fett und Mehl eine helle Grundsauce bereiten. Mit ⅛ l Wasser ablöschen, durchkochen.

Den Champagner in die helle Grundsauce einrühren. Wieder erhitzen, aber nicht kochen.

Das Eigelb und die steif geschlagene Sahne unter die Sauce ziehen, mit Salz und Pfeffer abschmecken.

Und ob wir nun deine Pommes oder meinen Reis zum Fisch essen, sollte wohl auch kein unlösbares Problem mehr darstellen. Übrigens könnte man ja auch beim Reis so gewisse Variationen auszuprobieren. Und wenn ich mich dann noch von dem von dir so verachteten Kochbeutelreis verabschieden würde, wer weiß? Theoretisch habe ich mich der Sache schon einmal angenommen und schicke dir die Papierform quasi zum »Anfüttern« mit.

SAFRANREIS

1 EL kaltgepresstes Öl
50 g Langkornreis
½ TL gemahlener Safran
⅛ l Fleisch- oder Gemüsebrühe
Salz
20 g Mandelstifte

Das Öl in einem Topf erhitzen, den Reis hineingeben und glasig dünsten.

Den Safran darüber streuen, die Brühe zugießen und aufkochen lassen, dann salzen. Im geschlossenen Topf 15 bis 20 Minuten langsam ausquellen lassen.

Die Mandelstifte in einer Pfanne hellgelb rösten. Den fertigen Reis mit zwei Gabeln auflockern und die Mandeln darunter heben.

Zucchinireis

200 g Zucchini
1 Knoblauchzehe
½ Zwiebel
1 EL kaltgepresstes Öl
⅛ l Fleisch- oder Gemüsebrühe
50 g Reis
Salz
gemahlener schwarzer Pfeffer
Thymian
Salbei
2 EL geriebener Parmesankäse

Zucchini waschen und in Würfel schneiden. Den Knoblauch schälen und zerquetschen, die Zwiebel schälen und klein hacken.

Das Öl in einem Topf erhitzen und die zerquetschte Knoblauchzehe sowie die Zwiebelstückchen darin dünsten. Mit Brühe auffüllen, kochen lassen.

Zucchini hinzugeben und aufkochen lassen.

Jetzt den Reis hinzufügen und mit etwas Salz, Pfeffer und den Kräutern würzen. Leicht umrühren und etwa 15 Minuten bei geringer Hitze köcheln lassen, bis der Reis ausgequollen, aber noch nicht zu weich ist.

Reisschüssel kurz vor dem Servieren mit geriebenem Parmesan überstreuen.

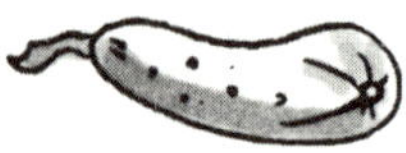

Pilzrisotto

1 Beutel getrocknete Steinpilze
(ca. 50 g)
100 g frische Champignons
1 Zwiebel
1 EL kaltgepresstes Öl
50 g Langkornreis
1/8 l Weißwein
Salz
gemahlener schwarzer Pfeffer
2 EL Butter
1 Bund Petersilie

Die trockenen Steinpilze waschen und in 1/8 l Wasser mindestens 2 Stunden, besser länger einweichen lassen.

Die Champignons putzen und in Scheiben schneiden. Die Zwiebel schälen und fein hacken.

Das Öl in einem Topf erhitzen, die Zwiebel darin glasig dünsten. Den Reis hinzufügen und anrösten.

Die Steinpilze samt Einweichwasser, die Champignons und den Wein hinzufügen und mit Salz und Pfeffer würzen. Zugedeckt 15 bis 20 Minuten bei geringer Hitze ausquellen lassen.

Zuletzt Butterflöckchen darunter mischen. Die Petersilie waschen, hacken und über das Risotto streuen.

Lieber John, wenn ich mir diesen Brief und mich so anschaue: Mir geht es gut, mir schmeckt die Welt! Kommt das nun daher, weil ich mich neuerdings etwas mehr für meine kühle Marmor-Edelstahl-Küche erwärme? (Von kochender Leidenschaft würde ich doch nur bedingt sprechen wollen.) Oder sollte es mit dir zu tun haben, oller Spötter?

Wie wär's denn, wenn du demnächst nicht nur meine Hand küsstest? Und noch so eine vage Idee, hinter der zugegeben eine meiner romantischsten Erinnerungen steckt: Wollen wir nicht demnächst einmal du-weißt-schon-wohin fahren und miteinander einen Hirsch verspeisen?

Ganz lieb

Rieke

Wildes und zahmes Fleisch

Liebe Rikje,

zu deinen originellsten kulinarischen Ideen gehört der Versuch, tiefgekühlte Fischstäbchen mit Ketchup zu verfeinern. Das übertrifft die Anwendung von Süßstoff bei der Eierkuchenproduktion bei weitem.

Aber ich will nicht wieder davon anfangen. Vielleicht schwebte in dieser Mitteilung auch wieder deine berühmte norddeutsche Ironie, die ich nie so richtig verstanden habe. Solltest du allerdings auch das Gefühl haben, es gebe in diesem unserem Lande einen Zustand der Gesellschaft, zu dem man nur noch den Satz sagen mag: »Kann ich mal den Ketchup haben?«, kann ich dir meine Zustimmung nicht gänzlich versagen.

Nun sei nicht kratzbürstig. Im Grunde gebe ich mir in diesem Moment nur Mühe, etwas in mir zu übertönen,

was man wohl Sehnsucht nennt. In deinem letzten Brief stand da so ein Zauberwort …

Doch, Ulrike, das hatte schon was! Mit dir spontan in eine wildfremde Stadt zu fahren und in einem Lokal zu sitzen, das zwar einen wenig Vertrauen einflößenden Namen (es muss einen Grund haben, dass ich mich partout nicht an ihn erinnern kann), aber dafür ein hinreißendes Hirschragout auf der Karte hatte. Ich erinnere mich, dass du dich köstlich darüber amüsiert hast, dass der Küchenchef persönlich in einer fettigen Lederschürze durch das Lokal stolzierte und die Gäste in Augenschein nahm. Für einen Moment fürchtete ich, wir würden des Hirschragouts nicht für würdig befunden, doch als er dich sah, begann er, so etwas wie Liebreiz zu verströmen, was mich ein wenig störte und zu der Frage veranlasste, ob wir das Hirschragout auch à la Stroganow haben könnten. Jetzt war es an dir zusammenzuzucken, aber der lederbeschürzte Küchengewaltige machte nicht von seinem Hausrecht Gebrauch, sondern atmete ebenso heftig wie entschlossen aus und verschwand stracks im Dunkel des Küchenganges; aber kurze Zeit später stand ein betörend duftendes und hinreißend schmeckendes Hirschragout vor uns.

Von dem Abend sind mir sonst nur endlos lange Blicke in Erinnerung geblieben, die wir miteinander tauschten – sagt man so oder ist das zu kitschig? Und außerdem hattest du einen Schwips. Und die Rechnung wies einen nicht ganz unerheblichen Endbetrag auf. Das alles spielte sich in jener Steinzeit ab, von denen normalerweise die Großeltern ihren erwachsenen Enkeln erzählen, als nicht die Gäste sich die Wirtschaft suchten, sondern die Wirte die Gäste aussuchen konnten. Das ist so lange her, dass es schon wieder wahr ist. Es spricht einiges dafür, dass wir das Stadium der so genannten besten Jahre erreichen, liebe Ulrike. Wenn man erst einmal über die eigene Vergangenheit spricht wie über steinzeitliche Gräberfunde …

Ich habe allerdings auch später, während meines Referendariats in Hessen, eine Wirtschaft kennen gelernt, in der man nur nach Vorbestellung Platz bekam; man hatte aber nur dann eine Chance, eine Vorbestellung überhaupt loszuwerden, wenn man beim Wirt einigermaßen in Ansehen stand. Und sich dieses Ansehen zu erwerben, war für einen Referendar gar nicht so einfach.

Das Hirschragoutessen wollten wir immer wiederholen, aber erst stellte sich die Spontaneität nicht mehr ein, die uns in jene Stadt geführt hatte, und dann kam es aus anderen Gründen nicht mehr dazu. Du hast ja Recht, wir sollten es jetzt einmal nachholen.

Irgendwie ist Hirschragout seither bei mir tabu gewesen. Weder habe ich es mir in Wirtschaften servieren lassen, noch habe ich je versucht, es selbst zuzubereiten. Dazu fehlten mir Lust, Zeit und Selbstvertrauen. Erst deine Anfrage brachte mich darauf, doch mal zu versuchen, wie es geht. Und siehe: Es geht. Schau es dir mal an und probier's aus. Wenn du dich nicht traust, komm mich besuchen, dann helfe ich dir.

Hirschragout

(für 2 Personen)

400 g Hirschfleisch
(Schulter, Hals)
2 Tomaten
30 g geräucherter Speck
1 Zwiebel
1 EL kaltgepresstes Öl
1 EL Mehl
Salz
gemahlener schwarzer Pfeffer
60 g Pfifferlinge (aus der Dose)
1/8 l Rotwein
1 EL Johannisbeer-
oder Apfelgelee

Das Fleisch gut abwaschen, abtrocknen, überflüssige Sehnen und Fett entfernen und Fleisch in kleine Würfel oder feine Streifen schneiden.

Die Tomaten mit kochendem Wasser überbrühen, schälen und klein schneiden; beiseite stellen. Zwiebel schälen und ebenso wie den Speck in Würfel schneiden.

Öl in der Pfanne erhitzen, Speck und Zwiebel darin leicht anbräunen. Dann das Fleisch hinzugeben und etwa 10 Minuten unter ständigem Rühren anbraten. Mit wenig Mehl überstäuben.

Tomaten zu dem Fleisch in die Pfanne geben. Mit Salz und Pfeffer würzen. Kurz braten lassen, dann das heiße Wasser aufgießen und 1 Stunde lang zugedeckt schmoren lassen.

Am Ende Pfifferlinge, Rotwein und Fruchtgelee hinzugeben und Sauce abschmecken.

Variation:

Hirschragout Stroganow erhält man, wenn statt Pfifferlingen, Fruchtgelee und Rotwein, Champignons (frisch), klein geschnittene Gewürzgurke, Cognac und Sahne an die Sauce gegeben werden. Am Schluss mit Zitrone abschmecken.

Eigentlich, liebe Ulrike, vermute ich fast, dass dir wildes Fleisch in der Küche nicht ganz geheuer ist. Jedem mag es anders gehen: Wildgerichte wecken bei mir immer Kindheitserinnerungen. Und das kommt so: Mein Vater verabscheute das Fleisch von Vögeln jeglicher Art. Nicht nur das gewöhnliche Brathähnchen, sondern auch die anspruchsvolleren Geflügel. Das machte zwar während des Jahres nichts, führte aber um Weihnachten zu dramatischen Zuspitzungen. Denn natürlich war auch die Weihnachtsgans für meinen Vater ein unerwünschter Vogel. Er könne die Gänsehaut auf der Gänsehaut nicht ertragen, sagte er immer. Man kann das sicher tiefenpsychologisch deuten … Meine Mutter, die ihre Gans über alles liebte, konnte in den Genuss weihnachtlichen Geflügels nur kommen, indem sie sich am zweiten Weihnachtsfeiertag von der Verwandtschaft einladen ließ. Am heimatlichen Herd verzichtete sie auf die Gans, nicht, wie ich heute fest überzeugt bin, weil sie sich patriarchalischer Unterdrückung beugte, sondern weil sie meinen Vater liebte. Kurz: Am 1. Feiertag gab es bei uns Wild.

Anfangs bestand das Wild aus Hasenbraten und der Hase war in Großvaters Stall groß geworden. Irgendwann bestimmte aber meine westfälische Großmutter: »Die Hasen werden abgeschafft!« Und fortan gab es bei uns am Feiertag »richtiges« Wild. Es war schon eine Entdeckung für mich, dass echter Hase anders schmeckt als Stallhase; überdies war mir der anonyme Meister Lampe vom Feld lieber als seine Vettern aus Großvaters Stall, die ich alle irgendwie persönlich kannte.

Über das Wild kursieren die wildesten Gerüchte und Legenden. Die meisten sind unwahr oder maßlos übertrieben. Die Legende vom Schrot war eine der Methoden meiner Mutter, sich für den entgangenen Gänsebraten zu rächen und meinem Vater die allzu ungetrübte Freude am Hasenbraten zu nehmen. »Pass bloß auf, dass du nicht auf ein Schrotkorn beißt!« Und wurde tatsächlich mal ein Schrotkorn gefunden: »Der Junge kriegt ja eine Bleivergiftung! Hast du nicht gehört, was Werner gesagt hat …« Die Legende von den Reifenspuren gehörte zu einer der liebsten Übungen meiner Mutter, nämlich am goldbraunen Hasenrücken herumzukratzen und schließlich sinnend zu bemerken: »Ich glaube, hier sieht man noch die Reifenspuren.« Als kleiner Junge habe ich gedacht, Hasen würden ausschließlich von Autos gejagt. Außerdem ist man, wenn man auf der Landstraße schon mal absichtslos Beute gemacht hat, anschließend mit Sicherheit Leuten deines Standes ausgeliefert, die einen gleich wegen Wilderei am Haken haben. »Wegen staatsgefährdender Störung in Tateinheit mit schwerem Forstwiderstand wird bestraft, wer platt gefahrene Hasen vorsätzlich oder grob fahrlässig verzehrt oder zum Verzehr zubereitet …« oder so ähnlich. Im Ernst, ich kenne nur Leute, die im Straßenkampf mit dem Wild den Kürzeren gezogen haben. Ein Kollege von mir hat innerhalb eines halben Jahres zwei Autos eingebüßt.

Und dann hatten wir daheim noch die Legende von den Trichinen: »Wer weiß, ob der überhaupt gut ist«, pflegte meine Mutter missmutig einzuwenden, wenn

Vater wieder mal einen Hasen auf den Tisch des Hauses legte. Bei Wildbret, das man vom Förster kauft oder das man, sofern man Jäger ist, selbst schießt, trägt man auch selbst das Risiko. Fleisch im Handel unterliegt, ob wild oder zahm, den einschlägigen lebensmittelrechtlichen Vorschriften. Aber wem erzähl ich das? Es stimmt schon, Wildfleisch ist manchmal verschmutzt und muss gründlicher gewaschen werden als Fleisch vom Mastvieh. Dafür stehen die Tiere in der Regel nicht im Verdacht, mit künstlichen Hormonpräparaten oder genetisch veränderten Futterpflanzen aufgepäppelt worden zu sein.

So, meine Liebe, nun kannst du dir aussuchen, wann und wo wir den vorgeschlagenen Hirsch als Ragout verspeisen wollen. In Deutschland werden jährlich rund 100 000 Hirsche, 300 000 Wildschweine, 900 000 Rehe und 500 000 Hasen geschossen. Da müsste doch auch was Passendes für uns dabei sein, oder? Die Zahlen lege ich dir nur bei, damit ich meinem Ruf als dein Lieblingsstatistiker auch gerecht werde.

Ich herze Dich

dein Johannes

SAHNE-HASENRÜCKEN

(für 2 bis 3 Personen)

1 bratfertiger Hasenrücken (ca. 500 g)
50 g Bratfett
Salz
2 EL Semmelmehl
¼ l saure Sahne
2 EL Mehl
Zucker

Backofen auf 220 Grad (Umluftherd 180 Grad, Gasherd Stufe 5 oder 6) vorheizen. Den Hasenrücken abwaschen, abtrocknen und in die Bratpfanne legen. Das Bratfett erhitzen, darüber gießen, das Ganze salzen und im Backofen anbraten.

Wenn nach etwa 20 Minuten das Fleisch braun ist, das Semmelmehl darüber streuen und mit der Sahne begießen. Nach weiteren 20 Minuten Bratzeit Fleisch aus der Pfanne nehmen, auf vorgewärmter Anrichteplatte warm stellen.

Die Bratensauce aus der Pfanne in einen kleinen Topf umfüllen, mit Wasser auf etwa ¼ l bringen und mit zuvor in wenig Wasser angerührtem Mehl binden. Die Sauce kräftig durchkochen lassen, mit Salz und etwas Zucker abschmecken und getrennt zum Hasenrücken servieren.

KNÜLLER-TIPP

Rosenkohl schmeckt als Gemüse zum Hasenrücken besonders gut.

Wildschweinbraten

(für 2 bis 3 Personen)

500 g Wildschweinbraten aus der Keule
Salz
gemahlener schwarzer Pfeffer
1 TL Majoran
2 Wacholderbeeren
3 EL Schweineschmalz
1 Zwiebel
1 Mohrrübe
1 Petersilienwurzel
1/8 l klare Fleischbrühe
1/2 Glas Rotwein
4 EL Sahne
1 EL Stärkemehl

Das Fleisch abwaschen, abtrocknen und die Sehnen entfernen. Mit Salz, Pfeffer, Majoran und den zerdrückten Wacholderbeeren einreiben.

Das Schmalz in einer Pfanne erhitzen. Die Zwiebel schälen und fein hacken, die Mohrrübe putzen und in Scheiben schneiden, beides zusammen mit der Petersilienwurzel leicht andünsten.

Darin das Fleisch bei hoher Brattemperatur anbraten, dann bei mittlerer Hitze rund 1 Stunde rundherum braten. Dabei mehrmals mit Fleischbrühe und Rotwein aufgießen.

Braten herausnehmen und warm stellen. Die Sauce mit der Sahne und dem Stärkemehl, das in wenig Wasser angerührt wurde, binden und zum Braten servieren.

Knüller-Tipp

Klöße und Preiselbeeren sind die richtige Umgebung für einen zünftigen Wildschweinbraten.

Gebratener Rehrücken

(für 4 Personen)

1 kg Rehrücken
65 g Butter
40 g durchwachsener Speck in dünnen Scheiben
2 EL Mehl
¼ l Fleischbrühe
½ Becher saure Sahne (oder Crème fraîche)
Salz
gemahlener weißer Pfeffer
1 EL Johannisbeergelee

Backofen auf 200 Grad (Umluftherd 160 Grad, Gasherd Stufe 4 oder 5) vorheizen. Fleisch abwaschen, abtrocknen, häuten, dann mit Salz und Pfeffer einreiben. Die Butter erhitzen.

Fleisch in die Pfanne legen und mit etwas heißer Butter übergießen, mit Speckscheiben belegen und im Backofen 20 Minuten braten. Zwischendurch mehrmals mit Butter begießen. Anschließend das Fleisch herausnehmen und auf der Servierplatte warm stellen.

Bratensauce mit Mehl bestäuben und leicht anbräunen. Mit der Fleischbrühe ablöschen und abgedeckt etwa 5 Minuten kochen lassen. Dann die saure Sahne hineinrühren und mit Salz, Pfeffer und Johannisbeergelee abschmecken. Sauce getrennt vom Rehrücken servieren.

Knüller-Tipp

Kartoffeln und feine Gemüse rahmen den Rehrücken richtig ein. Äpfel, Aprikosen, Birnen oder Pfirsiche, gefüllt mit Preiselbeeren, setzen einen geschmacklichen Akzent.

Lieber John,

ich bin in schrecklicher Eile zwischen diversen Gerichtsterminen und Grundbucheinsichten am Ende der bewohnten Welt. (Kennst du die Insel Rügen? Dort kann man von der Treuhandnachfolgeanstalt wunderbar zerfallene Schlösser so für um die eine Mark kaufen ... Wollen wir nicht? Schließlich sagen sich dort Fuchs und Hase in richtig sauberer Ostseeluft gute Nacht!)

Ich ahnte ja gar nicht, wie kompliziert es deine Sippe mit Wild und Geflügel hält ... Bei mir rangiert übrigens vor dem »wilden Fleisch« noch das Zahme, so in Richtung Truthahn und Taube, und ich würde mich somit auf die Gänsebratenseite deiner Mutter schlagen. Und dann gibt es noch die ebenso zarte wie wohlschmeckende Schnitzelvariante aus dem Brustfleisch von Huhn oder Pute. Man kann nämlich auch das beschriebene Wiener Schnitzel, dass eigentlich aus Kalbfleisch sein soll und meist aus Schweinefleisch angeboten wird, wunderbar aus Geflügel herstellen. Man kann das Putenbrustfleisch mit viel saurer Sahne schnetzeln, oder mit irgendwelchem Käse, zum Beispiel mit Emmentaler, überbacken. Großer Vorteil aller dieser Sachen: Putenbrustfilet gehört zumeist zum Grundangebot eines jeden Lebensmittelladens. Verfügt der Tankstellenshop über eine Kühltruhe, dann kann man die Putenschnitzel meist auch dort herausfischen.

Putenschnitzel Emmental

1 Putenbrustschnitzel
(75 bis 100 g)
gemahlener weißer Pfeffer
2 Scheiben Emmentaler Käse
1 Scheibe gekochter Schinken
2 EL Mehl
1 frisches Ei
4 EL Semmelmehl
Salz
3 EL Butter
oder Pflanzenmargarine

Das Putenbrustschnitzel abwaschen, enthäuten, leicht mit dem Handrücken breit drücken und längs durchschneiden. Leicht mit Pfeffer würzen.

Auf ein Schnitzelstück jeweils nacheinander eine Scheibe Käse, eine Scheibe Schinken, wieder eine Scheibe Käse und obenauf wieder ein Schnitzelstück legen.

Die Schnitzel vorsichtig mit dem Mehl bestäuben, im Ei wenden, mit dem Semmelmehl panieren und anschließend leicht salzen.

Das Fett erhitzen und das Schnitzel auf jeder Seite rund 5 Minuten braten. (Vorsicht beim Umdrehen!)

Knüller-Tipp

Es müssen nicht immer Kartoffeln sein, die man beigibt. In Butter gedünstete Champignons, mit Petersilie bestreut, zusammen mit Weißbrot gereicht, passen auch sehr gut.

Übrigens habe ich, allen Schnellrestaurants zum Trotz immer noch ein Faible für ein knusprig gebratenes Hühnerbein. Es darf auch ruhig vom Straßengrill sein und irgendwo draußen im Stehen gegessen werden. Nein, nicht dass dich der Schlag trifft, ich werde nicht zum Rückfalltäter und Fast-Food-Jünger. Aber manchmal hat es der Mensch Ulrike eben eilig zwischen zwei Terminen der Juristin Ulrike und trotzdem Hunger und dann steigen einem so knusprige Duftfähnchen in die Nase …

Apropos Jäger und Gejagte: Wir hatten da mal so einen Fall, bei dem ich nur mit Mühe die Fassung bewahrte und der zuständige Staatsanwalt vor unterdrücktem Lachen fast unter die Gerichtsbank kroch: Mein Klient, ein wildschweingeschädigter Autofahrer, hatte beschlossen, den Kampf gegen die einschlägigen Grünrockbehörden aufzunehmen und bezeichnete – frei nach dem Motto: Angriff ist die beste Verteidigung – den Jägersmann im Zeugenstand als »Bambimörder«. Förster Grünrock lief in schillernden dunkellila Tönen an und klagte nun zusätzlich wegen Beleidigung. Anschließend hatten mehrere erwachsene Menschen allen Ernstes darüber zu befinden, ob der Begriff »Bambimörder« den Tatbestand der Beleidigung erfüllt …

Beim Lesen deiner Wildrezepte kam ich übrigens auf den Geschmack und habe gestern Abend als kalorienfreies Betthupferl in meinem antiquarischen Kochbuch nachgeschlagen. Im Kapitel »Das Wildbret« stand so allerlei zum angeblich dringend notwendigen Spicken von Hasen und dem Beizen von Rehlein und Hirsch mit verschiedenen Marinaden. Du, da steht allen Ernstes: »In dieser Beize lässt man das Fleisch acht Tage liegen und wendet es täglich um.« Also wirklich! Da ich mich noch recht gut an die Probleme erinnere, die bei einem simplen Schweinebraten auftreten können, wenn er irgendwo zwei Tage im Kühlen stehen soll, schlage ich vor, wir lassen die Finger von solchen ausufernden Experimenten und gehen lieber bei dir in der Schorfheide, wo einstens Herr Honecker Diplomaten jagte, zu einem deiner geliebten Landgasthöfe unser Hirschragout essen. Bald?

Herzlich

Rieke

Geliebte Paragraphenjägerin,

richtig, es kann dauern, bis das Wildbret auf dem Serviertablett liegt. Zuerst muss es gut abhängen; Hasen und Wildgeflügel drei bis vier Tage, Reh und Hirsch rund eine Woche. Frisches Fleisch ist zäh. Ältere Tiere bleiben es auch nach dem Abhängen. Deshalb gehört Wildfleisch, um es mürbe zu kriegen, in eine Marinade. Meine Mutter nahm grundsätzlich Buttermilch, gewürzt mit Lorbeerblatt, Piment und anderen Kräutlein. Aber auch Essig oder Weinbeizen werden häufig verwendet. Es hilft auch, das Fleisch mit einer cremigen Beize aus Senf und Öl mit frisch gehackten Kräutern zu bestreichen. Jeder hat da irgendwie ein persönliches Lieblingsrezept, man muss es halt ausprobieren.

Vor den Erfolg haben die Götter nun einmal den Schweiß gesetzt. Und außerdem erinnere ich mich daran, wie du Cola und Dosenbier verachtest, aber feinen Rotwein magst. So sei die Bemerkung angebracht, dass zu einem Brathuhn am Stand bestenfalls ein Dosenbier gereicht wird; zu Wildgerichten passen am besten Rotweine. Zum Beispiel ein chilenischer 1996er Cabernet Sauvignon, der das Aroma reifer Beeren mit einem leicht schokoladigen Unterton verbindet, oder ein 1992er Conde de Valdemar Reserva, der ein pflaumiges bis brombeernahes Aroma mitbringt und zu den ausgesprochenen Sammetpfoten unter den Roten gehört, oder ein 1995er Côtes du Rhône-Villages, der über ein würziges Kräuteraroma verfügt, unter dem ein zarter Orangeton schwebt …

Nein, nein, nicht die Stirn kräuseln, liebe Ulrike, ich wollte mich nicht über deinen Wein lustig machen. Übrigens kannst du selbst über die Unterschiede zwischen einem Hefeweizenbier und einem Pilsner Urquell solche lyrischen Beschreibungen finden. Man muss nur genügend genusssüchtig und ein klein wenig romantisch sein, um dergleichen Sätze auszusprechen. Ersteres bin ich auf jeden Fall und immer. Letzteres? Na ja.

Herzlichst!

Johannes

Feste feiern

Liebste Rieke,

das Aktuellste zuerst: Von meiner Mutter soll ich dich schön grüßen. Was wir davon hielten, sie gemeinsam zu Weihnachten zu besuchen. Wenn wir schon neuerdings wieder zusammen rumtingelten, könnten wir das auch bei ihr tun. Und für sie alleine lohne sich keine Gans …

Ich weiß, dem Glücklichen schlägt keine Stunde, aber ein Blick in den Kalender wird dich darüber aufklären, dass Weihnachten jetzt wirklich und sehr unmittelbar vor der Tür steht. Und nun sag bitte nicht, für Weihnachten hättest du keinen Termin mehr frei und das könntest du frühestens im April kommenden Jahres einschieben. Kanns'te vergessen! Da ist Ostern.

Meine liebreizende Mutter meinte gnädig, wir brauchten ihr nichts zu schenken, sie hätte doch alles. Wie ich diesen Satz hasse! Hoffentlich erinnere ich mich eines Tages daran, wenn meine Kinder mich fragen, was ich mir zu Weihnachten wünsche. Meine Mutter wünscht sich jedenfalls, dass wir sie mal so richtig verwöhnen. Ich fürchte, sie meint damit, wir sollen für sie kochen. Eigentlich können wir uns damit nur blamieren. Oder kannst du dir etwa vorstellen, deiner Mutter in der Küche etwas recht zu machen? Lass uns aber versuchen, so gut wie möglich zu sein! Ich habe schon einen Teil meiner Hausaufgaben gemacht und meine sämtlichen Kollegen nach ihren Festtagserfahrungen befragt. (Ich lasse all das Deprimierende weg, was ich da zu hören bekam.)

Zu einem richtig festlichen Essen gehört, wie man mich nicht belehren muss, nicht nur das Essen, sondern auch das Festliche. Beim Festlichen handelt es sich um ein Gefühl. Es gibt sehr viele verschiedene Arten, es zu erzeugen. Nicht alle entsprechen meinem Geschmack. Deinem sicherlich auch nicht. Dennoch will ich, bemüht um einen emotionslos-festsinnigen Ton, zusammentragen, was zusammengehört. Ich gebe hier nur wieder, was mir zu Ohren kam. Ich betone das, um nicht vor dir von einem falschen Lichte beschienen zu werden. Am glatten Gegenteil ist mir gelegen! Der harmlose Fall ist ja noch, sich am Weihnachtstag schon zum Frühstück das Märchen von der Weihnachtsgans Auguste auf irgend einer alten Vinylschallplatte reinzuziehen. Woher ich das kenne? Ja, ich werde hier eben langsam heimisch. Die verschärfte Form besteht darin, den ganzen Tag vor dem Heiligen Abend klassische Musik – Vivaldi, Händel, Bach oder Telemann – abzuspielen und zur Bescherung dann noch eine Platte mit Glockengeläut erdröhnen zu lassen.

Ich durfte bereits festliche Dekorationen kennen lernen, die es wirklich in sich hatten. Schließlich genieße ich den Singlebonus, der mir in den vergangenen beiden Jahren zahlreiche Einladungen meiner Kolleginnen und Kollegen zur Vorweihnachtszeit einbrachte. Kurz: Der simple, geschmückte Weihnachtsbaum allein tut's schon lange nicht mehr. In einem Wohnzimmer fand ich die

Decke nahezu komplett mit Gaze oder Tüll verhängt, und darin verborgen mehrere Lichterketten mit den winzigen Kerzen der kleinsten Größe. Das wirkte am Abend wie ein Sternenhimmel, aber es konnte so nur wirken, weil die Zimmerdecken des Altbaus enorm hoch waren; bei den zweieinhalb Meter Neubaudeckenhöhe in meiner Wessifalle ist der weihnachtliche Sternenhimmel sicher keine sehr attraktive Dekorationsidee. Die putzigste Weihnachtsbaumdekoration fand ich übrigens bei unserem Religionslehrer, der gar nicht Religion unterrichtet, sondern in den Farben Brandenburgs das Fach »LER«, was so viel heißen soll wie »Lebenskunde, Ethik, Religion«. Dieser Mensch jedenfalls hatte sich auf einem Flohmarkt eine Spieluhr gekauft. Klingt noch ganz harmlos, nicht? Die Spieluhr stammte aber aus den frühen Sechzigerjahren und war von sowjetischer Bauart. Mein Kollege hatte es fertig gebracht, dieses Gerät irgendwie in die Weihnachtsbaumspitze einzubauen. Wenn man das Uhrwerk aufzog, umkreiste ein Sputnik das System und ließ den Trailer von Radio Moskau erklingen, wonach es noch ein paarmal piepte und zirpte. Dieser Adventsnachmittag war wahrhaft erinnerungswürdig; kulinarisch war das Fest allerdings unergiebig.

Rücken die Festtage selbst heran, sinkt bei vielen die Laune beträchtlich. Besonders, wenn man an den Riesenaufwand vorher und den Riesenabwasch nachher denkt. Den Abwasch kann man zwar der Spülmaschine überlassen, aber eine Zubereitungsmaschine fürs Weihnachtsmenü gibt es ja wohl noch nicht.

Der Heiligabend ist relativ einfach zu managen. Viele essen traditionell einen Heringssalat oder Würstchen mit Kartoffelsalat. Darin sollte man sie bestärken. Bei euch zu Hause gab's ja unablässig Karpfen blau, von dem ich nun endlich weiß, warum er mir seinerzeit so widerstrebte …

Aber am eigentlichen Weihnachtsfeiertag? Doch wohl gebratene Gans mit Rotkohl und Klößen, so wie es im durchschnittlichen deutschen Festtagshaushalt Tradition ist. Dank der beschriebenen Abneigung meines Vaters gegen gefiedertes Getier ist mir in meiner Kindheit der feiertägliche Terror rund um die Gans erspart geblieben. Ich weiß nur, dass fast jede Familie eine eigene Gänsebratentradition pflegt, die im Zweifelsfall von der unumstößlichen Autorität einer pommerschen Urgroßmutter gestützt wird. Schwierig wird es immer dann, wenn jemand mit seiner eigenen in eine fremde Gänsebratentradition einheiratet.

Aus Kindertagen unvergessen bleibt mir der weihnachtliche Krach in der Nachbarwohnung, der für alle Mietparteien des Hauses hörbar vom Misslingen des Gänsebratens kündete. Das benachbarte Ehepaar hatte sich, einer zeitweiligen Mode folgend, beim Braten der Gans einer Backform aus feuerfestem Glas bedient. Nur war einem der beiden im Wettbewerb, wer sich aufopfernder um die Gans kümmerte, ein kleiner Fehler unterlaufen. Wahrscheinlich ihm – jede andere Vermutung würde mir als Frauenfeindlichkeit ausgelegt. Statt kochenden Wassers hatte er kaltes Wasser aus der Leitung in die Form aufgegossen, mit der fatalen Folge, dass die zwischen ofenheiß und eiswasserkalt gespannte Glasform das Recht in Anspruch nahm, in tausend Splitter zu zerspringen. Irgendwann litt Frau Nachbarin auch unter einer kranken Galle. Ich weiß nicht, ob wegen der fetten Gänse oder wegen des Zoffs mit ihrem Mann. Nun aber Schluss mit alten Geschichten.

Sag an, wie halten wir es mit Mutters Wunsch?

Dein vorweihnachtlich hin- und hergerissener

Johannes

Gebratene Gans

(für 4 Personen)

1 bratfertige, ausgenommene Gans (4 bis 6 kg)
Salz
4 Äpfel
Beifuß oder Majoran
4 cl Weinbrand
1 EL Stärkemehl
Baumwollgarn

Den Ofen auf 200 Grad (Umluftherd 160 Grad, Gasherd Stufe 4 oder 5) vorheizen. Die Gans innen und außen abwaschen, innen salzen. Die Äpfel waschen, von Stiel und Blüte befreien, und zusammen mit Beifuß oder Majoran in die Gans füllen. Die Öffnung mit Baumwollgarn zunähen.

Die Gans mit der Brust nach unten auf den Rost des Backofens (mit der Bratpfanne darunter) oder in die Bratpfanne legen. Mit ca. 1/4 l kochendem Wasser übergießen und im Backofen ca. 1 Stunde braten. Gans wenden, Fett abschöpfen und nochmals ca. 1/4 l heißes Wasser zugießen.

Während der gesamten Bratzeit in regelmäßigen Abständen mit der Bratensauce begießen. Während der letzten 15 Minuten der Bratzeit (je nach Größe der Gans bis zu 3 Stunden) nicht mehr begießen, sondern Haut mit kaltem Salzwasser oder Weinbrand bestreichen, damit sie knusprig wird.

Anschließend die fertig gebratene Gans herausnehmen und warm stellen. Das Fett von der Sauce abschöpfen, die Sauce durch ein Sieb gießen, Stärkemehl in wenig Wasser einrühren und damit die Sauce binden und abschmecken. Sauce getrennt zur Gans reichen.

Variation:

Eine Maronenfüllung (300 g geschälte und 500 g ungeschälte Maronen) alternativ oder zusätzlich zu den Äpfeln als Füllung in die Gans einbringen. Ansonsten zubereiten wie im Grundrezept.

Lieber John,

vorab: Ich bin heftig für Gans, Rotkohl, Kartoffeln (Klöße traue ich mir nicht zu). Zugegebenermaßen habe ich noch niemals in meinem Leben selbst so einen Vogel gebrutzelt, war allerdings schon mehrmals der rettende Engel bei der entsprechenden Prozedur: Einmal, als ich am 24. Dezember nach dem Spätfilm arglos fragte, ob das auf dem frostklirrenden Balkon geparkte Gänsegetier nicht eigentlich in die warme Küche zum Auftauen übersiedeln müsse? Beifall aller Gänsefans und ich bekam am nächsten Tag die begehrte Keule! Mehrfach tat Rettung Not, weil der jeweilige Chefkoch sich mit heißem Gänsefett oder der Ofenklappe verbrannt hatte und ich mich durch einen beherzten Griff zu Verbandskasten und zur Brandsalbe als umsichtiger Gast empfahl …

In Erinnerung an solche Brandwunden habe ich übrigens einen Heidenrespekt vor dem Bratakt. Anstrengend muss das schon sein. Aber ich will mich nicht drücken. Weihnachten ist nun einmal Gans fällig. Oder doch ein anderer festlicher Braten?

Ich meine, deine Mutter ist doch unternehmungslustig und in Maßen unkonventionell. Vielleicht findet sie es okay, wenn wir ihr völlig überraschend mit einem gefüllten Fasan ins Speisezimmer kommen, oder Wachteln flambieren, oder mal zur Abwechslung eine Hammelkeule schmoren. Außerdem war ich neulich bei meiner leidenschaftlich kochenden Chefin zu einer ausgesprochen wohlschmeckenden Rindfleisch-Huhn-Wein-Variante eingeladen, deren Anfertigung im Grunde einfach, trotzdem reichlich zeitaufwendig ist.

Also, mein Lieber, ich schreibe dir die Rezepte ab. Überleg mal.

Tschüsing

Rieke

Huhn in Rotwein

1 Suppenhuhn (1 bis 1,5 kg)
1 bis 1,5 kg Suppenfleisch vom Rind
4 Lorbeerblätter
6 Körner Piment
2 Zwiebeln
50 g fetter Speck, 1 EL Mehl
1 Flasche Rotwein (Burgunder oder Beaujolais)
500 g Suppengrün
1 Knoblauchzehe, Salz
gemahlener weißer Pfeffer
Zucker, 1 Glas Cognac
2 Stängel Petersilie

Huhn und Rindfleisch grob zerteilen, abwaschen, mit Lorbeerblättern und Piment in etwa 5 l Wasser 3 Stunden lang bei geringer Hitze kochen lassen. Dabei den Deckel so auflegen, dass der Dampf durch eine Öffnung abziehen und das Wasser etwas einkochen kann.

Inzwischen Zwiebel schälen und mit dem Speck in Würfel schneiden. Speck in einer mittleren Kasserolle glasig braten, Zwiebel darin goldbraun rösten; Mehl überstäuben und mit Rotwein übergießen. Alles zusammen kurz aufkochen lassen und beiseite stellen.

Das gar gewordene Fleisch aus dem Topf nehmen, Knochen, Sehnen und Fettränder entfernen, Fleisch in mundgerechte Stücke teilen. Das Suppengrün putzen, waschen und fein schneiden. Den Knoblauch schälen.

Die Fleischbrühe durch ein Sieb gießen und mit dem Suppengrün und der Knoblauchzehe 20 Minuten garen lassen. Mit Salz, weißem Pfeffer und Zucker abschmecken.

Brühe und Fleischstücke in die Rotwein-Zwiebel-Sauce geben, durchrühren und nochmals ganz kurz aufkochen. Dann 30 Minuten zugedeckt ziehen lassen.
Vor dem Servieren ein Glas Cognac dazugeben. Petersilie waschen, hacken und das Gericht damit bestreuen.

Gefüllter Fasan

(für 4 Personen)

1 bratfertiger junger Fasan (ca. 1 kg)
Salz
gemahlener weißer Pfeffer
1 Zwiebel
5 EL kaltgepresstes Öl
100 g frische Champignons
150 g Pökelzunge
100 g gekockter Schinken
1 frisches Ei
1 EL gehackte Petersilie
1 Scheibe (fetter) Speck
125 g Crème fraîche
1 bis 2 TL Stärkemehl

Den Fasan innen und außen waschen und abtrocknen sowie innen mit Salz und Pfeffer einreiben.

Die Zwiebel schälen und hacken, in 1 EL Öl glasig dünsten und abkühlen lassen. Die Champignons waschen und putzen.

Für die Füllung Pökelzunge, Schinken und Champignons fein hacken und mischen. Dann mit der abgekühlten Zwiebel, dem Ei und der Petersilie zu einer glatten Masse verkneten. Mit Salz und Pfeffer abschmecken. Den Backofen auf 200 Grad (Umluftherd 160 Grad, Gasherd Stufe 4 oder 5) vorheizen.

Die Füllung locker in den Fasan stopfen; die Bauchöffnung des gefüllten Bratens mit einer Rouladennadel zustecken.

Das restliche Bratfett erhitzen. Dann den Fasan mit der Brust nach unten in eine große Geflügelbratpfanne legen, mit dem flüssigen Fett begießen, die Speckscheibe auflegen, in den Backofen schieben und etwa 1 Stunde braten. Währenddessen mehrmals mit dem Bratfett begießen.

Den fertig gebratenen Fasan herausnehmen und warm stellen; Speckscheibe und Rouladennadel entfernen.

In die Bratpfanne ¼ l heißes Wasser gießen, den verdünnten Fond kurz erhitzen und in einen kleinen Topf umfüllen. Die Crème fraîche unterrühren. Das Stärkemehl mit wenig Wasser anrühren und die Sauce damit binden.

Die Sauce mit Salz und Pfeffer abschmecken und getrennt zum Fasan servieren.

Variation:

Fasan mit Hackfleischfüllung

(für 4 Personen)

1 bratfertiger junger Fasan
(ca. 1 kg)
Salz
gemahlener weißer Pfeffer
2 EL Butter oder Margarine
2 EL Mehl
100 g Hackfleisch
(Kalb, Rind oder Schwein)
25 g Räucherspeck
75 g Champignons
50 g Geflügelleber
1 frisches Eigelb
1 EL Weinbrand

Fasan wie im Grundrezept vorbereiten.

Für die Füllung das weiche Fett mit Mehl zu einem Brei verrühren und mit dem Hackfleisch verkneten. Räucherspeck klein würfeln und glasig anbraten. Champignons waschen, putzen und zerkleinern.

Die Leber dünsten, salzen und pfeffern, anschließend sehr klein schneiden und abkühlen lassen, dann mit dem Eigelb und den Champignons sowie dem Hackfleischteig vermischen. Weinbrand und etwas Salz zugeben.

Fasan füllen und nach Grundrezept braten.

Flambierte Wachteln mit Weintrauben

(für 4 Personen)

8 bratfertige Wachteln
Salz
Pfeffer
Mehl
200 g große helle Weintrauben
3 EL kaltgepresstes Öl
4 EL Weinbrand
¼ l heller Traubensaft

Die Wachteln innen und außen waschen und abtrocknen. Inneres salzen, pfeffern und mit Mehl bestreuen.

Die Haut der gewaschenen Weintrauben abziehen, gegebenenfalls große Kerne entfernen.

Das Öl in der Pfanne erhitzen, die Wachteln darin rundherum braun anbraten. Danach die Wachteln mit Weinbrand übergießen und flambieren. Temperatur der Kochplatten reduzieren und die Wachteln abgedeckt etwa 15 Minuten bei geringer Hitze schmoren lassen, dann aus der Pfanne nehmen und warm stellen.

Traubenfilets in die Pfanne geben und 10 Minuten im Bratfond schmoren, dann aus der Pfanne nehmen und warm stellen.

Den Traubensaft an den Bratfond geben und etwas eindicken lassen. Mit Salz und Pfeffer abschmecken und mit den Wachteln und Weintrauben zusammen servieren.

Lammkeule nach Sauerbratenart

(für 4 Personen)

1 kleine Zwiebel
¼ l Weißwein
4 EL Weinessig
3 Pimentkörner
3 Pfefferkörner
1 Lorbeerblatt
1 kg Lammkeule
3 EL Butterschmalz
Salz
1 EL Stärkemehl
2 EL saure Sahne

Die Zwiebel schälen und hacken. Eine Marinade aus Wein, Weinessig, Piment, Pfeffer, Lorbeerblatt sowie den Zwiebelstückchen ansetzen und erhitzen.

Das Fleisch waschen, eventuell Fett abschneiden und häuten und in den Schmortopf legen, mit der heißen Marinade begießen und im zugedeckten Topf 2 bis 3 Tage kühl stehen lassen. Fleisch täglich wenden.

Zum Beginn des Schmorvorganges Fleisch herausnehmen und abtropfen lassen. Marinade durch ein Sieb geben und aufbewahren.

Im Schmortopf das Butterschmalz anbräunen, das Fleisch hineinlegen und kurz anbraten. Kochendes Wasser (ca. ⅛ l) aufgießen, salzen und bei schwacher Hitze rund 1 Stunde lang schmoren lassen. Marinade aufwärmen.

Den Braten wenden, die angewärmte Marinade zufüllen und darin etwa ½ Stunde bei schwacher Hitze garen lassen. Das Fleisch herausnehmen und in der Servierschüssel warm stellen.

Stärkemehl in wenig Wasser anrühren und die Sauce damit binden. Mit saurer Sahne verfeinern, abschmecken und getrennt zum Braten servieren.

Knüller-Tipp

Zum Lamm gehört eigentlich immer auch ein bisschen Knoblauch. Weitere typische »Lammkräuter« sind Thymian, Rosmarin, Oregano und Salbei. Man kann diese Gewürze entweder mit Öl vermischen und der Marinade zufügen oder aber die Kräuter fein zerstoßen und das Fleisch damit rundherum einreiben.
Lammfleisch aus der Tiefkühltruhe sollte ganz besonders langsam (im Kühlschrank) aufgetaut werden. Dann bleibt es schön saftig.

Gefülle Pute

(für 2 bis 3 Personen)

1 bratfertige Babypute
Salz
Thymian
Rosenpaprika
150 g Langkornreis
1 kleine Zwiebel
1 Putenleber
2 Tomaten
125 g magerer gekochter Schinken
2 EL Butter oder Pflanzenmargarine
1 TL Curry
1 EL kaltgepresstes Öl
1 TL Stärkemehl

Die Pute innen und außen waschen und abtrocknen. Danach innen mit Salz, Thymian und Rosenpaprika einreiben.

Den Reis in Salzwasser auf übliche Weise in 10 Minuten körnig kochen, mit kaltem Wasser abschrecken und abtropfen lassen.

Die Zwiebel schälen und fein hacken. Die Putenleber waschen und fein hacken. Die Tomaten mit heißem Wasser übergießen und die Haut abziehen, dann fein würfeln. Den Schinken in kleine Stücke schneiden.

Den Backofen auf 220 Grad (Umluftherd 180 Grad, Gasherd Stufe 5 oder 6) vorheizen. Das Fett erhitzen und die Zwiebeln darin hellgelb anschwitzen, diese anschließend mit der Putenleber, den Tomatenwürfeln und dem Schinken, gewürzt mit Curry und Salz, zum Reis geben und gut durchrühren.

Pute mit dieser Masse füllen und mit Baumwollgarn zunähen, in leicht geölte Alufolie einschlagen und die Ränder gut verschließen. Anschließend Pute auf dem Grillrost oder im Backofen etwa 2½ Stunden garen.

Zwanzig Minuten vor Ende der Garzeit die Folie an der Oberfläche aufschneiden und an den Seiten herabdrücken, damit die Pute knusprig bräunen kann. Anschließend herausnehmen, Folie entfernen, Garn herausziehen und Pute warm stellen.

Den Fleischsaft in einen Topf gießen. Stärkemehl in wenig Wasser anrühren und Sauce damit binden. Mit Salz abschmecken. Sauce getrennt von der Pute servieren.

Knüller-Tipp

Zur Pute passen Kartoffelkroketten und feines Gemüse. Rosenkohl ist immer eine Empfehlung. Exotischer ist ein Nest aus Ananasscheiben, Bananenscheiben, Weintrauben, Pfirsichspalten, Aprikosenvierteln, Orangen- oder Mandarinenfilets, die zuvor in heißer Butter geschwenkt oder leicht angebraten wurden.

Gänsebrust mit Hagebutten-Sauce

(für 4 Personen)

1 Gänsebrust (ca. 1 kg)
40 g Butter
oder Pflanzenmargarine
2 mittelgroße Zwiebeln
½ l Cidre (Apfelwein)
1 Zweig Rosmarin
500 g Hagebutten
1 Stange Zimt
Schale einer
unbehandelten Zitrone
Zucker
1 EL dunkler Saucenbinder
Salz
Pfeffer

Gänsebrust waschen und abtrocknen. Das Fett erhitzen und die Gänsebrust braun anbraten. Währenddessen die Zwiebeln schälen und in kleine Würfel schneiden. Zwiebelwürfel zur Gänsebrust ins Fett geben und ebenfalls anbraten. Mit Cidre ablöschen, Rosmarin hinzufügen, rund 1½ Stunden abgedeckt schmoren lassen.

Hagebutten waschen, halbieren und entkernen; nach etwa 1 Stunde Garzeit zusammen mit der Zimtstange, der Zitronenschale und ein wenig Zucker der Gänsebrust hinzufügen. Fleisch gelegentlich mit der Bratensauce übergießen und den Deckel zum Ende der Garzeit leicht geöffnet lassen.

Gänsebrust aus der Bratpfanne nehmen und warm stellen. Den Bratenfond durch ein grobes Sieb gießen, anschließend aufkochen und mit etwas Saucenbinder andicken. Mit Salz und Pfeffer abschmecken.

Knüller-Tipp

Als Beilage eignen sich Kartoffelkroketten und Rosenkohl.

Meine verehrte Hamburger Hellseherin,

es ist nicht zu fassen: Mutter freut sich heftig auf uns und bittet dringend darum, mit der Tradition zu brechen. Sie wünscht sich aber weder Wachtel noch Lammkeule, sondern etwas ungeheuer Pflegeleichtes: einen zünftigen Weihnachtsbrunch, der ruhig zur Hälfte aus dem Feinkostladen stammen darf und vor allem Spaß machen soll …

Da hast du die Mama. Und ich war schon dabei, Telefonerkundigungen darüber einzuholen, ob ich mit Brandsalbe oder aber kühlendem Wundpuder auf dem neuesten Stand der Medizintechnik wäre. Ich hatte mich schon – lach nicht – ernsthaft durch die Gelben Seiten gewühlt, um zu erfahren, bei welchem hauptstädtischen Dienstleister wir wohl einen Fasan oder besagte Wachteln beschaffen könnten … Vielleicht hat meine clevere alte Dame gespürt, wie sehr ich genau solche Vorbereitungen hasse, diese Pläne, nach denen man Wachtelimporteure und Weinlieferanten abarbeitet.

Wir machen Brunch am ersten Weihnachtstag. Wobei mir Mutter erst einmal amüsiert beibrachte, dass diese neudeutsche Gastronomiekombination aus Frühstück («breakfast«) und »lunch« (was dann als »Mittagessen« übersetzt wird) so etwas wie ein weißer Schimmel ist. Streng genommen besteht die Tradition des britischen Lunch keineswegs in einem ordentlichen Drei-Gänge-Mittagessen, sondern in einem »Gabelfrühstück«, bei dem

es durchaus etwas legerer zugehen darf. Der Tisch steht voller guter Dinge, warme und kalte Speisen, Salate, Brot und Butter und jeder nimmt sich, worauf er Lust verspürt und so viel er will … Nun gut. Ob wir es also fein-konservativ Gabelfrühstück oder eben schick Brunch nennen: Wir fangen dann zum ersten Weihnachtsfeiertag am besten so gegen elf Uhr damit an, alles was Küche und Kühlschrank hergeben wollen, auf dem großen Wohnzimmertisch aufzubauen und dann kriegt Mutter ihre Bescherung. Ich hab mal einen Brunchvorschlag zusammengeschrieben. Alles Sachen, über die wir schon geredet haben. Und einiges, was man – wie geräucherte Gänsebrust und Nürnberger Elisenlebkuchen – sowieso nur im Feinkostladen bekommt. Fallen dir noch ein paar geniale Kleinigkeiten dazu ein? Sie müssen ja nicht unbedingt unsere küchentechnischen Fähigkeiten total überfordern. Schließlich ist es auch unser Weihnachtsfest und ich habe keine Lust, nachdem der Brunchtisch steht, völlig fertig unter denselben zu rutschen … Zumal man ja bei dieser Inszenierung vorher nicht frühstücken darf, damit es dann beim Brunchen richtig gut schmeckt.

Im Folgenden findest du meine Ideen für den Weihnachtsbrunch, mit dem wir bei meiner Frau Mama festtägliche Ehre einlegen wollen. Teilst du mir mit, ob sie dir gefallen?

Ach ja, nochmals zurück zu den Wachteln: Weißt du, wie so etwas schmeckt? Ich habe zwar gelegentlich verkündet, mir auf der Stelle einen Storch braten zu lassen, aber ich bin noch nie auf die Idee gekommen, mir Wachteln in die Pfanne zu hauen, noch hat jemals jemand versucht, mir solches anzutun. Außer dir fiele mir auch niemand ein, mit dem ich es gern mal versuchen würde. Ich nehme an, wir begnügen uns mit zwei Wachteln und reduzieren das Rezept. Denn es ist gar nicht so aufwendig, also eigentlich genau das Richtige für zwei Küchenmuffel, wie wir es sind.

So, nun müssen wir uns aber noch verständigen, wer welchen Part vom Brunch übernimmt, was eingekauft werden muss, was zusammen passt und welcher Wein besorgt werden soll. Telefonieren wir?

Ich freu mich auf Weihnachten, wer hätte das für möglich gehalten …

Johannes

WEIHNACHTSBRUNCH

(für 3 Personen)

Kalte Brunchabteilung

300 g geräucherte Gänsebrust in dünnen Scheiben
300 g kalter Wildschweinbraten, aufgeschnitten
300 g Käse (verschiedene Sorten), in Scheiben geschnitten
1 Schüssel Pfirsich-Sellerie-Salat (siehe S. 76)
verschiedene Sorten von Brötchen, Toastbrot, evtl. Vollkornbrot
1 Stück Butter

Warme Brunchabteilung

500 g Hirschragout (siehe S. 164)
3 kleine Kalbssteaks mit Banane (siehe S. 128)
3 kleine Toasts mit Curryhuhn (siehe S. 34)
½ l Bouillon mit Eierstich (siehe S. 44/47)

Süße Brunchabteilung

1 Packung Nürnberger Lebkuchen
1 Packung kandierte Walnüsse
1 Packung getrocknete Feigen
1 Schüssel Obstsalat Christine (siehe S. 81)
3 Portionen Mokkacreme (siehe S. 236)
3 Portionen Crêpes Suzette (siehe S. 66)

Das Brunchbuffet wird je nach der Anzahl der zu erwartenden Gäste und entsprechend den technischen Möglichkeiten der Küche zusammengestellt. Dabei ist es wichtig, dass Wärmeplatten, Teelichter o. Ä. für Suppen und warme Fleischgerichte auf dem Tisch vorhanden sind. Andernfalls sollte man auf warme Speisen verzichten oder Varianten suchen, die warm und kalt schmecken (etwa aufgeschnittene Braten).

Im Grunde passt fast jedes Gericht in einen Brunch. Vorsicht aber bei Speisen, die mit ihrem starken Aroma dominieren könnten. Ob gleichzeitig Fisch und Fleisch angeboten werden, ist reine Geschmacksache des Gastgebers.

Wenn der Brunch eröffnet wird, sollte alles fertig sein (im Gegensatz zu Fondues o. Ä., an denen der Gast »mitarbeitet«). Ausnahme: eventuell eine frisch zubereitete oder flambierte Süßspeise, die als Höhepunkt angeboten wird. (Achtung: nicht zu früh, damit die Gäste sich nicht gedrängt fühlen, den Brunch abzubrechen.)

Beim Brunch kommt es vor allem auf ein vielgestaltiges Angebot an. Die einzelnen Portionen sollten möglichst klein sein, keinesfalls darf eine große Suppen- oder Salatschüssel alles Übrige dominieren.

Es bleibt dem Gast überlassen, ob er Teller und Besteck für verschiedene Speisen benutzt oder jedes Mal frisch nimmt. Ausreichende Mengen von Tellern, Besteck, Suppentassen, Salatschüsseln usw. sollten auf einem Nebentisch vorbereitet werden.

Von Klassisch bis Fernost geht alles im Eintopf

Lieber John,

kaum zu glauben, dass ich tatsächlich imstande war, bei der Verfertigung mehrerer ordentlicher Festtagsmenüs samt Weihnachtsbrunch nicht nur dem Koch gelegentlich ein frisches Bier darzureichen, sondern selbst Hand anzulegen. Hat Spaß gemacht!

Weißt du, es war auch ganz wichtig, einmal in Ruhe und unverkrampft – da wunderbar satt und mit einem guten Whisky wohl versorgt – die Mühen festtäglicher Höhepunkte zu erörtern. Die Theorie deiner Frau Mama, dass ein Brunch schon deswegen immer so beliebt ist, weil die Köchin dann nicht zwischen den einzelnen Menügängen wild in die Küche stürzen muss, leuchtet mir völlig ein. Bei mir zu Hause hatten derartige Familienfestessen zur Folge, dass meine Mutter keine Suppe und keinen Braten zu Ende essen konnte. Während sich die anderen am Tisch amüsierten, blieb sie in ständiger Anspannung: Wie kriege ich den Spargel und die Koteletts jetzt in zwei Minuten gleichzeitig auf Höchsttemperatur? Was kommt als Nächstes, usw. usf. Und doch brannten immer mal wieder die draußen köchelnden Kartoffeln an, erwies sich der in der Backröhre warm gestellte Braten als zu trocken, fiel die für den Obstsalat vorbereitete Schlagsahne zusammen, bevor sie auf den Tisch kam. Und dies alles hatte wiederum zur Folge, dass ich mir schon als Teenie vornahm, niemals kochen zu lernen, um nie in diese peinliche Lage zu kommen.

Aber wenn es denn schon so ein klassisches Fünf-Gänge-Menü sein soll ... Du weißt ja, meine Beziehungen zum Essenkochen sind die eines genusssüchtigen Faulpelzes, der sich gelegentlich selbst überwindet und dann durchaus Spaß an der Sache findet. Besonders dann, wenn ich, wie in einer Küche mit dir und deiner Mutter, lediglich die zweite Geige zu spielen habe. (»Rühr doch schon mal die Butter schaumig ...«) Wenn ich mir allerdings vorstelle, ich hätte als gastgebende Küchenchefin dafür zu sorgen, dass eines schönen Sonntags um Punkt 1 Uhr beginnend erst eine kalte Vorspeise, dann die Suppe, dann das Hauptgericht, anschließend die Käseplatte und schließlich die Süßspeise auf den Tisch kommen – oje! Kommt Zeit, kommt Rat, man veranstaltet dergleichen ja nur zu wirklich festlichen Anlässen.

Aber ich fand Mutters Tipps dazu einleuchtend: Also, nicht eine Fleischart zweimal nehmen, weil zuerst Rinderbouillon und anschließend ein Rinderbraten irgendwie langweilig sind. Und an die Farben auf dem Tisch denken, weil sich einfach nach einem zartbraunen Champignoncocktail eine knallrote Rote-Bete-Suppe besser macht als eine eher blässliche Blumenkohlcreme. Es leuchtet mir auch sehr ein, dass man sich in der Speisenfolge nur zwei oder drei wirklich kompliziert herzustellende Delikatessen selbst vornimmt und den Rest entweder aus den eigenen Frostreserven oder als Halbfertigprodukt aus den Feinkostladen holt: Nach einem raffinierten, geeisten Krabben-Avocado-Mix mit frischem Orangenrahm sollte man sich für die nachfolgende Tomatensuppe nicht noch auf das mühselige Blanchieren der Tomaten einlassen, da genügt dann deine berühmte hochfrisierte Dosensuppe ... Und wenn am Ende Kraft, Zeit und Platz auf dem Herd noch für ein aufregendes Crêpe Suzette reichen sollen, ist man gut beraten, den fertigen Rinderschmorbraten beim Fleischer oder im Feinkostladen zu holen. Beziehungsweise, ihn ein paar Tage zuvor fix und fertig selbst zu schmoren und kühl zu stellen. Letzteres ist dann wiederum besonders zu Feiertagen ein Kühlschrankproblem. Fällt Weihnachten tatsächlich in den Winter, dann findet sich ja noch eine Balkon- oder Terrassenlösung. Sicher, wir haben gelacht, als Mutter so amüsant von diversen Menükatastrophen zu ihrem Geburtstag im August erzählte. Aber ich stelle mir vor, mir passierten vergorene Obst- und angetrocknete Kartoffelsalate; oder ein von allen Gästen verschmähter, weil leicht anrüchiger Kalbsrückenbraten; oder ein teuer erstandener frischer Lachs landet nicht auf dem Grill, sondern umgehend auf dem Müll. Nein, danke!

Da haben wir es wieder. Andererseits, gerade wenn solche Küchenmarathons angesagt sind, soll man es doch richtig toll und kreativ werden. Natürlich könnten wir meine Ernennung zur Fachrechtsanwältin auch in einer hiesigen Nobelkneipe gebührend würdigen. Aber wollen wir nicht lieber selbst unsere Wachteln braten?

Auf jeden Fall werde ich mir die Grundzüge der Komposition eines Menüs einprägen, über die deine Mutter so reizend philosophierte: Bei den Speisen mit etwas Leichtem beginnen, über die Suppe zu den kräftigeren Sachen wie dem Fleischgang kommen, dann mit Käse und Süßspeisen wieder leichter ausklingen. Und bei den Getränken eine konsequente Stufenfolge von leicht zu schwer: Aperitif, Weißwein, Rotwein, Sherry, Likör, Cognac.

John, merkst du was, ich spinne hier Tagträume von großen Festen, weil ich mich ziemlich unfestlich fühle. Ich sitze hier allein in meiner kalten Küche. Draußen macht sich der übliche graue norddeutsche Winter breit und kann einem auch den schönsten freien Tag vergällen. Mein Sonntagsfrühstück habe ich angesichts der trüben Aussichten verschlafen, jetzt meldet sich allerdings der Hunger. Nein, ich halte mich an meine guten Vorsätze und rufe nicht den Pizzaservice an. Was tun? Auf komplizierte Braten habe ich keine Lust. Allein schon gar nicht. Zudem fehlt mir dazu die Vorratsbasis. Außer einem Netz voll Kartoffeln und einem halben Dutzend eingefrorener Saucen-, Gemüse- und Bratenreste von unserem Kochfest im November ist nichts greifbar. Aber immerhin: Sowohl meine thüringische als auch meine Küstengroßmutter brachten aus Resten herrliche Eintöpfe zustande. Und ich erinnere mich an einen in Frankreich spielenden Roman, in dem die Heldin bei sämtlichen Zerwürfnissen und Traurigkeiten erst einmal aus ein paar Zwiebeln, Möhren und Kartoffeln im Handumdrehen eine Herz und Magen wärmende Trostsuppe köchelte. Ihr Trick war, dass sie das Grünzeug nicht einfach mit kaltem Wasser aufkochte, sondern zuvor in Öl anbriet. Da schmeckte es würziger. Es kam wohl darauf an, dass Kartoffeln, Zwiebeln, Möhren und so viel verschiedene andere Gemüse (Erbsen, grüne Bohnen, Sellerie, Porree, Blumenkohl) wie greifbar, im geputzten und zerkleinertem Zustand jeweils gleich viel ausmachten. In einer sehr breiten Pfanne mit hohem Rand wurde das Öl erhitzt. Dann glitten die rohen Kartoffel- und Gemüsestücke hinein. Man musste sie mit einem breiten Holzlöffel rasch wenden, sodass möglichst viele Flächen leichte bräunliche Krusten erhielten, ohne dass jedoch etwas völlig anbrannte. Exakt in dem Moment, wo es brenzlig zu riechen begann, musste mit dem zuvor erhitzen Wasser aufgegossen werden.

Merkwürdig ist das schon, John, ich könnte nicht einmal sagen, wie der Roman hieß, aber an die Suppentextstelle erinnere ich mich präzise. Diesen Geschmack, den konnte ich mir irgendwie vorstellen. Also los, ich lege jetzt den Griffel beiseite und gehe in die Küche. Zwiebeln sind genügend da, der Rest vom eingefrorenen Brokkoli wäre rasch in der Mikrowelle aufzutauen, irgendwo habe ich auch noch eine Konservendose mit jungen Möhren – ich versuche eine Kartoffelsuppe. Hast du die nicht auch früher manchmal für mich gemacht? Wenns nicht so theatralisch klänge: Jetzt würde ich mit dir sogar Knäckebrot essen. Lieber, wenn das so weitergeht, steige ich in den nächsten Zug und störe dich.

Ja, ich jammere nicht länger. Ich gehe jetzt kochen.

Tschüs

deine Ulrike

Meine Kleine,

ich hab nach deinem traurigen Brief natürlich die Aufsätze meiner Elften, die bis zum Ferienende korrigiert sein wollen, schleunigst beiseite gelegt und über Kartoffelsuppe nachgedacht und -gelesen. Dass ich sie dir schon mal gekocht haben soll, muss ein Erinnerungsfehler sein. Ich habe noch nie Suppen aus zerfallenden Kartoffeln gemocht, geschweige denn zubereitet. Aber ich habe für dich natürlich prompt ein Rezept für einen edelsahnigen Kartoffeleintopf ausgegraben, an dem du mindestens dreieinhalb Stunden zu kochen hast; ich meine, einfach zur Ablenkung.

Liebes, du kannst doch die hanseatische Justiz nicht einfach wegen eines zahlenversessenen brandenburgischen Paukers im Stich lassen, überleg mal!

Sahniger Kartoffeleintopf

(für 2 Personen oder mindestens zwei Abende)

500 g mehlig kochende Kartoffeln
1 l Gemüsebrühe
⅛ l süße Sahne
1 bis 2 frische Eigelbe
Salz
Paprikagewürz
frische Kräuter (z. B. Kerbel, Kresse oder Majoran)

Die Kartoffeln waschen, schälen und in Würfel schneiden, 20 Minuten in der Gemüsebrühe gar kochen, anschließend pürieren und wieder in die Brühe geben.

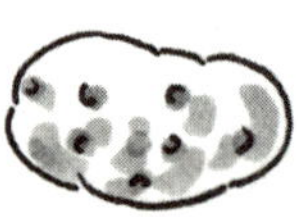

Die Suppe noch einmal aufkochen, dann von der Kochplatte nehmen. Sahne und Eigelbe verquirlen und unter die Suppe ziehen.

Die Suppe mit Salz und Paprika abschmecken. Die Kräuter waschen, hacken und die Suppe damit garnieren.

Knüller-Tipp

Unter Umständen kann der Geschmack durch Hinzufügen von 2 EL klein gewürfeltem, hellbraun angebratenem Speck ins Deftige gewendet werden. Auch eine Prise Muskat kann hinzugefügt werden.

Übrigens habe ich mir am heutigen Sonntag ein brauchbares Resteessen zusammengebastelt. Mutter hatte mir ja diverse Plastikdosen und Tüten in den Kofferraum gepackt und nur trocken gemeint, dass sich in meinem Kühlschrank sicher die Mäuse schon Blasen liefen. Sie dagegen wisse mit diesen Sachen kaum wohin. Nach jedem größeren Festessen – namentlich nach einer Anhäufung von Feiertagen – bleiben eben Reste übrig; zu wenig für eine eigene Mahlzeit, zu viel zum Wegschmeißen. In der deutschen Küche kennt man dann beispielsweise so einen Bratling aus Kartoffeln, Ei und Braten- und Wurstresten, genannt Bauernfrühstück. Es gibt auch eine adäquate (ursprünglich chinesische) Variante mit Reis. Sie hat übrigens den Vorzug, dass sie jedes Mal andere Geschmacksnuancen freisetzt, schließlich bleibt nach jedem Festessen etwas anderes und in jeweils verschiedenen Mengen übrig.

Reste-Reis

3 EL kaltgepresstes Öl
2 Tassen kalter, gekochter Reis
1 Tasse beliebige Fleischreste
1 EL Sojasauce
Salz
2 frische Eier
2 Frühlingszwiebeln
2 bis 3 EL gehackter Schnittlauch

Das Öl in der Pfanne erhitzen, den Reis zugeben und 10 Minuten lang unter leichtem Rühren braten.

Das Fleisch in Streifen schneiden, mit der Sojasauce, dem Salz und den verquirlten Eiern zum Reis geben und weiter rühren.

Vor dem Servieren die Frühlingszwiebeln in Ringe schneiden und mit dem Schnittlauch über den Reis streuen.

Knüller-Tipp

Wenn auch noch Gemüsereste zur Verwertung anstehen, bietet sich das Schichtenmodell an: In eine Glasform abwechselnd eine Schicht gebratenen Reis, eine Schicht Fleischreste, eine Schicht Reis, eine Schicht Gemüsereste, eine Schicht Reis geben. Gequirlte Eier darüber gießen und in der Backröhre bei mittlerer Hitze etwa 15 Minuten garen lassen.

Da du ja nun aber ohnehin deine Kühlschrank-Grundausstattung erneuern musst, rate ich dir, Zutaten für einen handfesten, nahrhaften Eintopf anzuschaffen. Eintopf deswegen, weil der Langzeitwetterbericht viel grau in grau für deinen Norden ankündigt und du also dringend etwas Gutes für Magen und Herz brauchst. – Na bitte, jetzt hast du wenigstens mal geschmunzelt. Nimm meine Empfehlung an: Weißkohl oder Wirsing, das ist jetzt die Frage!

WEISSKOHLEINTOPF

(für 4 Personen)

500 g Weißkraut
500 g Kartoffeln
125 g Tomaten
1 Gemüsepaprika
200 g Schweinebauch
1 l Wasser oder Fleischbrühe
Salz
schwarzer Pfeffer
1 TL Kümmel

Das Kraut putzen, waschen und hobeln. Die Kartoffeln schälen und in Scheiben schneiden. Die Tomaten waschen und in Scheiben schneiden. Die Paprika waschen, entkernen und in Streifen schneiden. Das Fleisch in Würfel schneiden.

Das Fleisch ½ Stunde in Wasser oder Fleischbrühe vorkochen, dann alle übrigen Zutaten zugeben und zugedeckt bei schwacher Hitze 45 Minuten fertig garen.

KNÜLLER-TIPP

Statt frischer Tomaten oder Paprika können auch 2 EL Tomaten- oder Paprikamark verwendet werden. Eine deftige Note bekommt der Kohl, wenn man ihn mit 50 g klein gewürfeltem Speck andünstet. Statt des Schweinebauchs können auch Brühpaste oder -würfel die Brühe fett machen. Zum Schluss 2 Krakauer in der Suppe erhitzen.

Wirsingtopf

(für 4 Personen)

50 g Speck
1 EL Schmalz
350 g Kochwurst
750 g Kartoffeln
1 kg Wirsingkohl
Salz
Pfeffer
Kümmel

Den Speck in kleine Würfel schneiden und im heißen Schmalz hellbraun anbraten.

Die Kochwurst pellen und in dicke Scheiben schneiden. Die Kartoffeln schälen und in Würfel schneiden.

Den Wirsing putzen, vierteilen, den Strunk herausschneiden, waschen und in Streifen schneiden oder grob hacken.

Die Gewürze zugeben, $^{3}/_{8}$ l kochendes Wasser aufgießen und Kohl bei schwacher Hitze 45 Minuten garen.

Knüller-Tipp

Die Wurst macht den Kohl fett. Mit grober Mettwurst schmeckt er anders als mit Lyoner Brühwurst oder mit Schinken-Krakauer, auch Geselchtes ergibt eine interessante Variante – ein weites Feld zum Experimentieren.

Kesselgulasch

(für 2 bis 3 Personen oder mehrere Abende)

250 g Zwiebeln
2 Paprikaschoten
250 g Tomaten
1 Knoblauchzehe
200 g Schweinefleisch (Kamm)
200 g Rindfleisch (Schulter)
1 EL Schweineschmalz
1 TL Thymian
1 Lorbeerblatt
2 TL Rosenpaprika
Salz
gemahlener schwarzer Pfeffer
1 bis 1½ l Wasser oder Fleischbrühe
Kümmelpulver
½ TL unbehandelte Zitronenschale
¼ l saure Sahne (oder Crème fraîche)

Die Zwiebeln schälen und würfeln, die Paprikaschoten waschen, von Stielansatz und Kernen befreien und in Streifen schneiden. Die Tomaten waschen, mit kochendem Wasser überbrühen und häuten und anschließend in Achtel schneiden. Die Knoblauchzehe schälen und in kleine Würfel schneiden.

Das Schweinefleisch und das Rindfleisch in kleine Stücke schneiden und im offenen Topf im heißen Schmalz kräftig anbraten.

Das vorbereitete Gemüse und den Knoblauch dazugeben und unter Rühren alles anbräunen lassen. Thymian, Lorbeerblatt, Rosenpaprika, Salz und Pfeffer hinzufügen und mit heißem Wasser oder Fleischbrühe auffüllen.

Alles etwa 1 Stunde bei schwacher Hitze köcheln lassen. Die Suppe mit Kümmel, Zitronenschale und Salz abschmecken, mit saurer Sahne verfeinern.

Bohnen-Majoran-Topf mit Eisbein

(für 4 Personen)

250 g getrocknete weiße Bohnen
1,5 kg geräuchertes Eisbein
2 Stängel frisches Bohnenkraut
3 Lorbeerblätter
1 TL Pfefferkörner
1 Bund Suppengrün (Wurzelwerk)
3 bis 4 Tomaten
2 EL getrockneter Majoran
Salz
Pfeffer
3 EL Essig
2 Stängel frischer Majoran

Bohnen über Nacht in reichlich kaltem Wasser einweichen; Wasser vor Beginn des Kochvorgangs abgießen.

Eisbein waschen, in einen Topf mit so viel Wasser geben, dass das Fleisch völlig davon bedeckt ist. Bohnenkraut waschen, fein hacken und mit Lorbeer und Pfeffer in den Topf geben, aufkochen und zugedeckt 2 Stunden lang bei schwacher Hitze kochen lassen. Danach Eisbein aus der Brühe nehmen.

Inzwischen das Suppengrün waschen, putzen und zerkleinern, Tomaten schälen und in kleine Stücke schneiden.

Tomaten und Bohnen mit dem getrockneten Majoran 1 Stunde lang bei schwacher Hitze garen. 20 Minuten vor Ende der Garzeit Suppengrün dazugeben.

Vom etwas abgekühlten Eisbein das Fett entfernen, mageres Fleisch in kleine Stücke schneiden und in den Eintopf geben. Die Suppe mit Salz, Pfeffer und einem Schuss Essig abschmecken und mit frischem Majoran servieren.

Knüller-Tipp

Wer Eisbein nicht mag, kann den Bohnentopf mit Kassler probieren.

Liebe Ulrike, du findest wahrscheinlich, dass all meine Eintopfrezepte überdimensioniert sind. Aber du wirst es beim Ausprobieren merken: Für eine oder zwei Personen zu kochen, ist eigentlich nicht der Mühe wert. Suppe muss im Topf blubbern. Eintopf wird erst von einem bestimmten Quantum an, das es erlaubt, die Aromen aller Zutaten zu entfalten, zum Eintopf; vorher sind es nur verrührte Zutaten. Am besten, du kochst davon gleich Mengen, mit denen du im Ernstfall die Kanzlei durchfüttern könntest. Machst du aber nicht, sondern wärmst dir jeden Abend getreulich dein Töpfchen auf …

Außerdem widerspricht es meinen Vorstellungen von küchentechnischer Effektivität, wenn der Aufwand für einen Eintopf sich nicht mindestens über zwei bis drei Tage rechnet. Die Eintopf ist also für mich der beste, die am dritten Tag am besten schmeckt. Das gilt erst recht für den Bohnen-Majoran-Eintopf, mit dem du gut dreieinhalb Stunden zu tun haben wirst und bei dem die Planung schon langfristiger beginnen muss, als von dem Moment an, da der Hunger kommt. Es empfiehlt sich nämlich grundsätzlich, Hülsenfrüchte am Abend zuvor in ausreichend kaltes Wasser einzulegen, hat mir meine Mutter beigebracht; das reduziert anderntags die Garzeiten. Wenn du es am Abend vergessen hast, musst du eben die Garzeiten aus dem Rezept entsprechend verlängern.

Ja, und dann wäre zum Thema Eintopf vielleicht noch zu sagen, dass er durchaus etwas für einsame Menschen an düsteren Winterabenden ist: Man köchelt sorgsam vor sich hin, in der Küche wird es warm, die offene Flasche

Rotwein oder Weißwein, den man zum Würzen brauchte, wird nebenher ganz gemütlich geleert. Ich nehme mir an der Stelle dann ein edles Pilsener. Ja, und man bekommt das Gefühl, sich in aller Ruhe etwas Gutes zu tun, ohne in teure Luxus-Küchen-Gefilde abzudriften. Das Ganze zuweilen mit den simpelsten Zutaten wie Zwiebeln, Weißkohl, Bohnen und preiswertem Suppenfleisch oder Rindergulasch.

Viel Spaß mit den Rezepten!

Johannes

ZWIEBELTOPF

2 große Gemüsezwiebeln
2 EL Butter
oder Pflanzenmargarine
1 EL Mehl
Zucker
½ l Fleisch-
oder Gemüsebrühe
1 Scheibe Weißbrot
30 g geriebener Käse
1 kleines Glas Weißwein
Salz
gemahlener schwarzer Pfeffer

Zwiebeln schälen, in Ringe schneiden, dann in einem breiten Topf im erhitzten Fett glasig dünsten. Mit Mehl und einer Prise Zucker bestreuen, durchrühren.

Die Brühe hinzufügen, gut umrühren und 15 Minuten bei mittlerer Hitze kochen lassen.

Die Weißbrotscheibe in mundgerechte Stücke oder Streifen schneiden, mit geriebenem Käse bestreuen und kurz in Backofen oder Grill backen, bis der Käse knusprigbraun wird.

Topf vom Feuer nehmen, Weißwein zugießen und nochmals kurz aufkochen. Mit Salz und Pfeffer abschmecken, die gebackenen Käsebrotstücke vorsichtig auf die Suppe setzen, sofort servieren.

Bunter Bohneneintopf

(für 2 Personen oder mindestens zwei Abende)

250 g Gulaschfleisch
1 kleine Zwiebel
1 EL Butter
oder kaltgepresstes Öl
½ Knoblauchzehe
1 kleine rote Paprikaschote
½ l Fleischbrühe
1 EL Tomatenmark
200 g grüne Bohnen (Dose)
100 g rote Bohnen (Dose)
1 kleine Dose Maiskörner
Salz
gemahlener Cayennepfeffer
Paprikagewürz
2 Kräuterzweige
(z. B. Bohnenkraut, Majoran)

Das Fleisch würfeln. Die Zwiebel schälen und fein hacken. Beides im Fett scharf anbraten und bräunen.

Die halbe Knoblauchzehe zerdrücken, die Paprikaschote waschen, vom Stiel und Kernen befreien, zerkleinern und zum Fleisch geben.

Mit der heißen Fleischbrühe aufgießen und in 45 Minuten gar kochen.

Zum Schluss Tomatenmark, grüne und rote Bohnen und Maiskörner hinzugeben und den gesamten Bohneneintopf aufkochen lassen.

Die Eintopf mit Salz, reichlich Pfeffer und scharfem Paprikapulver abschmecken. Kräuter waschen, hacken und darüber streuen.

Lieber John,

mit deinen Rezepten bzw. den fertig gekochten Eintöpfen muss man ja zwangsläufig wohlgenährt und friedlich werden. Könnte man eigentlich als Alternative zu diesen hektischen Seminaren für gestresste und ausgebrannte Manager anbieten: Statt der Psychobotschaften eines Motivationsgurus lieber »Kochen mit Johannes in Brandenburg«. Darf ich mich für den ersten Kurs anmelden? Wäre nötig. Besonders, weil dein Tipp mit dem Rotwein sich als in der Sache weniger förderlich erwies: Ich las neben meinem blubbernden Eintopf gemütlich, nahm ab und zu einen Schluck vom Roten und – roch den Braten zu spät. Natürlich ist mir mein Kesselgulasch angebrannt, weil ich zu selten beim Kochen hingeschaut und umgerührt habe … Jedenfalls habe ich mir hinterher überlegt, dass es noch andere Modelle von Vollwertspeise in einem Topf gibt, bei denen keineswegs gerührt, sondern still mit dem aktuellen Lieblingsschmöker in der Hand gewartet wird, bis der Küchenwecker klingelt: nämlich Aufläufe. Die sind übrigens auch günstig für Last-Minute-Aktionen – wenn die Gäste gleich vor der Tür stehen – und können ebenfalls der Resteverwertung dienen. Gleichgültig, ob noch ein paar kalte Pellkartoffeln vom kalorienarmen Kartoffel-Quark-Wochenende übrig sind oder die Nudeln mit Basilikumsauce dann doch nicht aufgegessen wurden und nun schon zwei Tage lang im Kühlschrank herumstehen: Hauptsache, du findest noch etwas Milch, Sahne, Crème fraîche oder Ähnliches und

ein, zwei Eier, um irgendwie den Guss zum Überbacken zusammenzurühren. Dann guckst du, was sonst noch an Braten- oder Hühnerfleischresten, an Schinken oder gekochtem Gemüse wegmüsste und beginnst, das ganze Zeug in eine Aluminiumform oder eine feuerfeste Glaspfanne zu schichten. Immer schön zwischendurch würzen: Pfeffer und Salz sowieso, aber nicht zu üppig. An Kräutern das, was zum jeweiligen Fleisch- oder auch Fischrest gut passt. Also Majoran zu Schweinebraten, Knoblauch zu Hammel, Chili zu Putenbrust usw. Die Auflaufform muss natürlich gut gefettet sein, was das A und O ist, um Anbrennen zu verhindern.

Alles zusammen klingt wenig aufregend. Man kann diese Art von Kreation allerdings ohne zu lügen im Edelküchenstil als ein »Gratin« definieren. Macht sich gut, wenn Gäste kommen, dann sind die »Ahs« und »Ohs« sicher.

Ob der Auflauf wirklich knackig-krustig oder eher milde bräunlich und im Innern saftig bis weich gerät,

ist eine Frage der jeweiligen Bestandteile, der Backofenhitze und der Backzeit; man muss einfach auch ein wenig herumprobieren. Ich habe neulich meinen Kartoffelauflauf, der nach 20 Minuten Backzeit bei 160 Grad doch sehr »schwamm«, nach wenigen Bissen einfach »überarbeitet«. Also: zurück in die (zum Glück noch nicht in der Spülmaschine gelandete) Form, überschüssige Flüssigkeit mit einem Löffel abgeschöpft, etwas geriebenen Käse nachgestreut und die Form für eine weitere brennend heiße Viertelstunde in den Herd geschoben. Der Auflauf war mir offensichtlich deshalb zu weich geraten, weil ich zu viel von den frischen Champignons, die ich nun einmal so liebe, hineingeschnitten hatte. Pilze geben viel Flüssigkeit ab, wenn sie erhitzt werden (anderes Gemüse auch). Hinzu kam, dass ich wieder überhygienisch vorging und die Pilze kurz abgespült hatte. (Soll man nämlich nicht, weil Pilze, die ja im Süddeutschen auch Schwammerln genannt werden, sich eben wie die Schwämme vollsaugen und hernach ihre überschüssige Flüssigkeit das jeweilige Pilzrezept im wahrsten Sinne des Wortes verwässert.)

Übrigens, du Effizienzfanatiker: Natürlich kann man auch Aufläufe in größeren Mengen, sprich größeren Formen, anfertigen, falls genügend Esser vorhanden sind. Aufgewärmt schmeckt Auflauf doch eher matschig.

Kartoffelauflauf

200 g Kartoffeln
Salz
1 TL Kümmel
1 EL Butter
oder Pflanzenmargarine
2 EL Sahne
3 frische Eigelbe
1 TL Backpulver
75 g Mehl
Muskat
Paprika edelsüß
Fett zum Ausstreichen der Form
1 Zwiebel
2 dünne Scheiben
Schinkenspeck
125 g frische oder
Dosenchampignons
150 g geriebener Emmentaler

Kalte Restekartoffeln verwenden oder ungeschälte Kartoffeln schon einen Tag vorher mit Salz und Kümmel kochen. Am folgenden Tag pellen und raspeln.

Den Backofen auf 200 Grad (Umluftherd 160 Grad, Gasherd Stufe 5 bis 6) vorheizen. Das zerlassene Fett und die Sahne cremig rühren. Die Eigelbe nach und nach hinzufügen. Die Kartoffeln und das mit Backpulver vermischte Mehl einrühren. Mit Salz, Muskat und Paprika würzen.

Diesen Teig in eine kleine, gefettete Springform verteilen. Die Zwiebel schälen und in Ringe schneiden, den Schinkenspeck würfeln. Die Champignons waschen und in Scheiben schneiden. Zwiebel, Schinkenspeck und Pilze auf den Teig geben und den Käse dick darüber reiben.

Den Auflauf im Backofen etwa 20 Minuten backen.

Nudel-Schinken-Auflauf

125 g Nudeln
Salz
100 g Schinken
Fett zum Ausstreichen der Form
2 frische Eier
¼ l Milch
Muskat
75 g geriebener Käse
3 EL Butter
oder Pflanzenmargarine

Restnudeln verwenden oder Nudeln in Salzwasser kochen, abgießen und mit kaltem Wasser ausgiebig abschrecken. Den Backofen auf 225 Grad (Umluftherd 180 Grad, Gasherd Stufe 5 oder 6) vorheizen.

Den Schinken in Würfel schneiden und unter die Nudeln mischen.

Eine Auflaufform einfetten, die Nudeln und den Schinken hineinlegen.

Die Eier mit der Milch verquirlen, mit Salz und Muskat würzen und über die Nudeln gießen. Mit dem geriebenen Käse und Fettflocken bestreuen.

Den Auflauf im Backofen 45 Minuten überbacken.

Knüller-Tipp

Statt des Schinkens lässt sich Hackfleisch verwenden, das zuvor mit Ei und Zwiebel vermischt wurde.

Und dann gibt es noch so eine Sonderanfertigung, bei der der hungrige, aber nicht zu größeren Kocharien aufgelegte Esser alles auf einmal bekommt: auf einem Blech mit Pizza. Das ist übrigens auch eines von meinen erwähnenswerten Nullachtfünfzehnrezepten für Kochmuffel. Denn fertige Pizzaböden gibt's in gefrosteter Form und als Fertigteig im Kühlregal, sie gehören zu meiner Einkaufsgrundausstattung. Und drauflegen kann man Tomate, Schinken, Champignons – im Grunde alles, außer einem kompletten Spanferkel oder Karpfen. Und am Ende kommen geriebener Käse oder dünne Käsestreifen obenauf. Natürlich kann man, wenn man Zeit und einen großen Küchentisch zum Teigausrollen hat oder Halbfertiggerichte aus ökologischen oder sonstigen Gründen verabscheut, seinen Pizzateig auch selbst backen.

Pizzateig

(Grundrezept für 2 Personen)

150 g Mehl
½ Päckchen Trockenhefe
¼ TL Salz
100 ml Milch
1 EL kaltgepresstes Öl
Mehl zum Ausrollen
Fett zum Ausstreichen der Pizzaformen oder des Backblechs

Das Mehl mit der Trockenhefe und dem Salz in einer Schüssel gut mischen.

Die handwarme Milch und das Öl hineinrühren und zu einem weichen, geschmeidigen Teig verkneten. Zugedeckt in der Schüssel an einem warmen Ort (aber nicht über 40 Grad!) 20 Minuten aufgehen lassen.

Den Teig auf einer bemehlten Arbeitsplatte zu 2 runden Böden ausrollen. Nebeneinander auf ein gefettetes Backblech oder in die Pizzaformen (ca. 20 cm Durchmesser) legen und den Teig an den Rand drücken. Den Backofen auf 200 Grad (Umluftherd 160 Grad, Gasherd Stufe 4 oder 5) vorheizen.

Den Teig je nach Rezept belegen und würzen.

Die Pizzas im Backofen auf der zweiten Schiebeleiste von oben je nach Dicke des Belags zwischen 25 und 35 Minuten backen.

Und dann fällt mir noch ein Eintopfgericht ein, das vor ein paar Jahren sehr in Mode war: Fondue. Aber das ist mehr etwas für größere Gesellschaften, die in Ermangelung gescheiter Gesprächsthemen auf ihren Partys lieber aufgespießte Fleischstückchen in heißem Fett brutzeln. Mit richtigem Kochen hat das wenig zu tun und deshalb werde ich es auch links liegen lassen.

So weit, so gut. Wir haben uns ja bald.

Deine Ulrike

Kapitel 3

Paradies-Schüsseln

Meine Liebste,

schade, dass du so wahnsinnig früh in deine graublaue Stadt am Meer aufbrechen musstest, da war ich nun wirklich noch nicht richtig wach … nach den leidenschaftlichen Anstrengungen der zurückliegenden beiden Nächte. Das Letzte, was ich unter dem Eindruck deines Abschiedskusses, der süßer war als alle Süßspeisen, noch verstanden habe, war, dass ich dir die Rezepte unserer Paradies-Schüsseln nachsenden soll. Ich eile mich, deinen Wünschen zu willfahren und lege auch gleich noch etwas bei, das ich unter meinem Kopfkissen gefunden habe und das nach meiner Überzeugung dir gehört; jedenfalls befand es sich, als ich es das vorletzte Mal sah, noch an dir. Ich bin nicht sicher, ob du es schon vermisst, denn es ist von seinen Ausmaßen so unerheblich, dass ich es in einer A4-Versandtasche unterbringen kann, ohne sie auszubeulen.

Liebste Rikje, in Erinnerung an unser letztes gemeinsames Mahl (und die nachfolgenden Genüsse) lecke ich mir noch alle zehn Finger. Du wirst es nicht glauben, aber ich habe am Boden der großen Schüssel tatsächlich noch ein paar Krümel Obstsalat vorgefunden. Meine Geschmackserinnerung ist nicht ganz frei von sentimentaler Rückschau auf verflossene Zeiten, als wir in der Mansardenwohnung meiner Mutter hausten, und unsere mehr oder weniger vergeblichen Versuche, uns etwas »Vernünftiges« (ich höre meine Mutter richtig, wie sie dieses Wort ausspricht) zu kochen, schließlich in einen süßen Brei münden ließen. Ich weiß noch genau, dass ich alles stehen und liegen ließ, wenn ich an Geräusch und Geruch erkannte, dass du versuchtest, meinen Lieblingsgrieß mit Pflaumen herzustellen, ohne dass der Grieß am Topfboden festklebte.

Griessflammeri mit Pflaumen

(für 2 bis 3 Personen)

350 ml Milch
40 g Zucker
1 TL Butter
1 Päckchen Vanillezucker
Salz
1 Stück Schale einer unbehandelten Zitrone
40 g Weizengrieß
1 frisches Ei
1 EL Stärkemehl
1 Glas Pflaumen
½ Stange Zimt

Milch, Zucker, Butter, Vanillezucker, etwas Salz und Zitronenschale unter gelegentlichem Rühren zum Kochen bringen. Grieß langsam und unter ständigem Umrühren in den Topf rieseln lassen. Topf von der Kochplatte nehmen und Grieß ungefähr 5 Minuten quellen lassen. Zitronenschale entfernen.

Inzwischen das Ei trennen, Eigelb verquirlen und unter den Grieß rühren. Das Eiweiß steif schlagen und ebenfalls unter den Grieß ziehen.

Puddingform (oder Schüsselchen) mit kaltem Wasser ausschwenken. Grießflammeri einfüllen und 2 Stunden kalt stellen.

Stärkemehl mit etwas Pflaumensaft anrühren. Den restlichen Pflaumensaft mit Zimt zum Kochen bringen, mit der Stärke binden. Pflaumen zugeben und das Kompott abkühlen lassen.

Nach den 2 Stunden Flammeri auf Teller stürzen und mit dem Kompott übergießen.

Knüller-Tipp

Mit 50 g Mandelsplittern oder -stiften kann Flammeri verfeinert werden. Dazu werden die Mandelstifte zunächst in einer trockenen Pfanne leicht geröstet und nach dem Abkühlen mit dem Eigelb zusammen unter den Grieß gerührt.

Meine Mutter meinte zwar immer, ein Grießbrei brenne prinzipiell ein bisschen an, und dies sei das »Gewürz der Seligen«, aber du hast immer beträchtlichen Ehrgeiz darein gelegt, den Auflauf nach Zimt und Pflaumen oder Kirschen schmecken zu lassen, was auch selig (und ein bisschen süchtig) machte. Und nicht ohne Wehmut gedenke ich der paradiesischen Vorfreuden, wenn ich dir mitteilen konnte, dein Lieblingsobstsalat mit

Maraschino sei angerichtet und müsse nun nur noch eine gewisse Zeit ziehen. Mit dieser gewissen Zeit wussten wir allerlei anzufangen. Die Maraschinofrüchte im Kühlfach waren das Zentrum der Welt. Wir zwei waren uns selbst genug. Und alle die im Grunde unwichtigen Dinge, die so viel Platz in unserem Leben beanspruchten, wurden wieder auf das richtige Maß zurückgestutzt. Schade, dass uns diese Fähigkeit später verloren ging. Wodurch haben wir uns eigentlich von den Paradies-Schüsseln vertreiben lassen?

Fruchtig bis prickelnd: Obstsalat oder Kompott?

Liebes, du kennst das ja: Obstsalate esse ich nicht schälchenweise, sondern am liebsten aus der ganz großen Schüssel. Aber eigentlich wäre der handliche Fünflitereimer genau das rechte Gefäß, um mich daraus zu speisen. Manchmal ist es ja etwas schwierig, Obst und Nichtobst streng voneinander zu trennen. Vielleicht können wir

einen Arbeitsbegriff finden: Obstsalat nennen wir alles, was süß ist; alles was pikant schmeckt, wäre demzufolge kein Obstsalat. Aber auch da entstehen schon wieder Schwierigkeiten. Ich bin zum Beispiel ein Verfechter der Chicoréelehre, und ich bin Fan von Hercule Poirot. Beides hat zwar nichts miteinander zu tun, außer, dass beide aus Belgien stammen. Ich für meinen Geschmack wünsche mir aber, dass Chicorée immer dem winterlichen Obstsalat beigefügt wird. Chicorée verleiht nämlich dem Obst, das zum Aufweichen und Matschen neigt, je länger es im eigenen Saft schwimmt, den knackigen Biss. Und es gibt dem fruchtig Süßen einen leicht bitteren Beigeschmack: Wenn man richtig Maß hält, bildet das Bittere genau den richtigen geschmacklichen Hintergrund, vor dem die Süße des Obstes sich entfalten kann. Man kann den Chicorée-Orangen-Salat auch pikant zubereiten, indem man statt des geriebenen Apfels Zwiebelringe hinzufügt, und statt der Sauce aus Zitronensaft, Öl und Zucker eine Sauce aus Essig, Öl und Salz und statt des Joghurts Gorgonzolasahne darüber kippt.

Chicorée-Orangen-Salat

350 g Chicorée
Saft von 1 Zitrone
2 Orangen
1 Apfel
1 EL Öl
Salz
2 EL Zucker
1 Becher Naturjoghurt

Chicorée in feine Streifen schneiden. Mit Zitronensaft beträufeln.

Die Orangen filetieren und unter die Chicoréestreifen mischen. Apfel schälen und grob raspeln. Apfelspäne ebenfalls unter die Chicoréestreifen mischen.

Aus Öl, Zitronensaft und einer Prise Salz eine Sauce bereiten. Sauce über den Obstsalat geben. Dann Salat gleichmäßig bezuckern.

Zum Schluss, je nach Geschmack, etwas Joghurt unter den Salat rühren.

Ein ähnliches Problem habe ich bei den Mohrrüben, die ich freiwillig niemals zum Obst zählen würde. Ich kann sogar sagen, dass ich der geborene Möhrenmuffel bin; noch nie habe ich es vermocht, eine einzelne rohe Mohrrübe einfach so aufzuessen. Da ich aber in früher, allzu früher Kindheit von meiner Mutter überlistet worden bin, indem sie die Möhre raspelte und mit Zucker und

Zitronensaft anrichtete sowie mit Apfel- und Bananenbrei durchmengte, kann ich heute geriebene Mohrrüben auch am Obstsalat durchaus goutieren. Vielleicht können wir daher unseren Arbeitsbegriff vom Obstsalat dahingehend abwandeln, dass wir einen Salat, der überwiegend aus Obst besteht und überwiegend süß schmeckt, Obstsalat nennen.

Eine weitere Schwierigkeit besteht in der Abgrenzung von Desserts, die unter anderem aus Obst bestehen. Ich erkenne neidlos deine Kernkompetenz in allen Fragen des Puddings und der Cremespeise an, muss aber darauf bestehen, dass auch meine frühkindlichen Prägungen durch den Grießbrei in all seinen fruchtigen Auslegungen berücksichtigt werden. Für diese Gemische, die nicht eindeutig das eine und nicht eindeutig etwas anderes sind, schlage ich als Arbeitsbegriff Kompott vor. (Dieses schöne alte, von uns aus dem Französischen und von den Franzosen aus dem Küchenlatein hergeholte Wort bedeutete im Ursprung »Zusammengestelltes« und bezeichnet in unserem Sprachgebrauch Eingemachtes, oder, nach dem Deutschen Wörterbuch, »gekochtes Obst, das als Nachtisch oder zu bestimmten Gerichten gegessen wird«.)

Um aber auf den Grießbrei zurückzukommen: Der wird erst durch das Glas Kompott interessant, das man dazu öffnet. Und irgendwie ist das Kompott ja auch mal Obst gewesen, auch wenn es den strengen Maßstäben der Frischeapostel nicht gerecht zu werden vermag. Immerhin, und das dürfte für Küchenfeinde unseres Kalibers

zumindest ein überdenkenswertes Argument sein, lassen sich von eingemachtem Obst beträchtliche Vorräte über längere Zeit aufheben. Und selbst der unverhoffte Besuch meiner liebsten Ulrike in meiner märkischen Streusandbüchse würde mich nicht unvorbereitet treffen.

Mir ist jedenfalls noch niemand begegnet, der meinen Obstsalat wieder ausgespuckt hätte, weil darin Dosenananas und ein Pfirsich aus dem Kompottglas vorkamen. Schließlich: Aus Frischobst kann jedermann einen leckeren Obstsalat machen, aus Dosenobst nur Künstler.

Siehst du, Rikje, es ist wieder wie in alten Zeiten: Es geht alles, wenn man die richtigen Begriffe findet. Die früheren Philosophen wollten die Welt immer verändern, dabei kommt es nur drauf an, sie umzuformulieren.

Übrigens, ich schreib dir alle Zutaten für unsere Paradies-Schüsseln für zwei Personen auf. Schließlich wollen wir bald regelmäßig zusammen tafeln!

Gruß und Kuss

dein Johannes

Erdbeer-Melonen-Salat

(für 2 Personen)

250 g Erdbeeren
1 kleine Honig- oder Zuckermelone
Saft von 1 Zitrone
2 EL Rum
2 EL Puderzucker
2 EL Pistazien

Die Erdbeeren waschen, entstielen und halbieren oder vierteln. Melone halbieren, Kerne entfernen, Fruchtfleisch herauslösen und würfeln. Melonenwürfel mit den Erdbeeren vermischen.

Zitronensaft mit Rum und Puderzucker anrühren, Sauce über die Früchte gießen. Alles 2 Stunden im Kühlschrank ziehen lassen.

Obstsalat etwa 10 Minuten vor dem Servieren aus dem Kühlschrank nehmen. Die Pistazien hacken und darüber streuen.

Knüller-Tipp

Es sieht gut aus, wenn der fertige Salat in den beiden ausgehöhlten Melonenhälften serviert wird. (Vorsicht, wacklige Angelegenheit, Melonenboden jeweils etwas begradigen.)

Fünffruchtsalat

(für 2 Personen)

2 EL Zucker
3 EL Portwein
Saft von ½ Zitrone
100 g Äpfel
75 g Sauerkirschen
1 Banane
100 g Weintrauben
75 g Erdbeeren
3 EL gehackte Haselnüsse

Zucker im Portwein auflösen und Zitronensaft hinzufügen.

Äpfel schälen, vom Kerngehäuse befreien und in Würfel schneiden. Kirschen waschen und entsteinen. Die Banane schälen und in Scheiben schneiden, Weintrauben waschen, Erdbeeren waschen, entstielen und halbieren. Obst gut miteinander vermischen.

Den Salat mit der Zuckerlösung begießen und im Kühlschrank 2 Stunden ziehen lassen.

Salat etwa 10 Minuten vor dem Servieren aus dem Kühlschrank holen und mit gehackten Haselnüssen garnieren.

Cremige Verführer: von der Schokoladensahne bis zur Orangencreme

Liebster John,

lass uns doch einfach den altbekannten Spruch, die Liebe ginge durch den Magen, dahingehend abwandeln, dass Liebe viel erreicht hat, wenn erst einmal die Zungenspitze »ja« sagt. Oder? Mhm?

Jedenfalls finde ich, dass Süßes uns beiden und unserer Liebeslust gut bekommt. Beispielsweise vertraue ich der an- und aufregenden Wirkung einer bittersüßen Schokoladencreme unbedingt! Und wenn da irgendwelche tatsächlichen oder selbst ernannten Fachleute predigen, es sei unumstößlich wissenschaftlich erwiesen, dass weder der brave Sellerie noch Zwiebeln mit Honig noch der orientalische Ingwer noch die Spanische Fliege als Aphrodisiakum wirken, bleibe ich für mich dabei: Süßes bewirkt Zärtlichkeit und Liebe. Es muss schon etwas mit den erbaulichen Folgen des Genusses von Rohr-, Frucht- und Rübenzucker oder Honig auf sich haben, sonst würden nicht überall auf der Welt Kuchen, Plätzchen, Honigscheiben, Nüsse und Mandeln festtags im wahrsten Sinne des Wortes genossen werden. Irgendwo las ich einmal von einem unfehlbaren Liebestrank: »Zerkaue jeden

Abend drei Löffel Sesamsamen und 20 Mandeln, trinke ein Glas dickflüssigen Honigs dazu. Dies tue jeweils drei Tage hintereinander und gehe dann zu deiner Geliebten.«

Ich denke, ich bleibe lieber bei meiner Schokoladencreme …

Schokoladencreme

(für 2 Personen)

150 g Zartbitterschokolade
¼ l Schlagsahne
1 TL Puderzucker
Pfeffer
1 EL Cognac

Die Schokolade in kleine Stückchen zerteilen, im heißen Wasserbad zerlaufen lassen, dann herausnehmen und abkühlen lassen. Durch gelegentliches Umrühren prüfen, ob die Schokolade noch flüssig ist.

Unterdessen die gekühlte Sahne sehr steif schlagen, ganz zum Schluss den Puderzucker darüber stäuben.

Die abgekühlte, aber noch flüssige Schokolade unter die Sahne heben, dabei eine Prise Pfeffer und 1 Esslöffel Cognac mit untermischen.

Fertige Creme in Portionsschüsseln etwa 30 Minuten kühlen und mit einem Tupfer Sahne obenauf servieren.

Knüller-Tipp

Wer die Kombination Vanille/Schokolade schätzt, kann das Mark einer ausgekratzten Vanilleschote oder Vanillinaroma beifügen.

Meiner Erfahrung nach funktionieren die sanften Cremes und Puddings oder die raffinierten Gelees aber nur dann, wenn sie wirklich aus der Hand der/des Geliebten (im Idealfall aus ihrer/seiner Fantasie) stammen, nicht etwa aus dem Kühlregal des Tankstellenshops. Na klar, du mein lieber Küchenmuffel, es kostet Zeit und vor allem Konzentration, eine echte Orangen- oder Mokkacreme selbst zu rühren. Aber wer machte nicht schon die Erfahrung, dass sich angesichts einer heraufziehenden Liebesaffäre unsere Terminkalender auf magische Weise leeren und viele sonstige Verpflichtungen sich in der Hälfte der Zeit erledigen lassen?

Mokkacreme

(für 2 Personen)

25 g gemahlener Kaffee
oder ca. 10 g Pulverkaffee
1 Päckchen Vanillezucker
3 Blatt weiße Gelatine
3 frische Eigelbe
80 g Zucker
1/8 l Schlagsahne

Einen sehr starken, gefilterten Kaffee aus 1/8 l Wasser bereiten und darin den Vanillezucker auflösen. Gelatineblätter auf einem Teller in etwas kaltem Kaffee oder Wasser quellen lassen. Unterdessen die Eigelbe mit dem Zucker schaumig rühren.

Zuerst in das Eier-Zucker-Gemisch den heißen Kaffee einrühren, dann die eingeweichte Gelatine (vorher ausdrücken). Ruhig weiterrühren bis alles eine geschmeidige Masse ohne Klumpen ergibt. Creme für etwa 1 Stunde kühl stellen. Achtung: Gelegentlich prüfen, sie darf sich nicht zu sehr verfestigen.

Unter die halbsteife Creme die sehr fest geschlagene und ebenfalls gekühlte Sahne ziehen. In Portionsgläser füllen und bis zum Verzehr kühl stellen.

Knüller-Tipp

Stets die Flüssigkeitsmengenangaben der Gelatinehersteller genau lesen und das Rezept entsprechend anpassen. Achtung: Obst zählt hierbei rein rechnerisch zu den Flüssigkeiten. Faustregel: Etwas weniger Flüssigkeit schadet nicht, etwas zu viel kann den Gelierprozess um Stunden verzögern oder sogar ganz verhindern.

Orangencreme

(für 2 Personen)

2 unbehandelte Blutorangen
2 Blatt weiße Gelatine
2 EL Zucker
2 EL Orangenlikör
50 g Schlagsahne

Eine Orange heiß und gründlich waschen, abtrocknen und die Schale fein abreiben. Beide Früchte auspressen (ergibt ca. 90 bis 100 ml Saft).

Gelatine in kaltem Wasser einweichen. Den Orangensaft mit Zucker und Likör zusammengeben und erwärmen. Anschließend die ausgedrückte Gelatine darin auflösen. Die geriebene Orangenschale dazugeben und abkühlen lassen.

Schlagsahne steif schlagen und sofort unterheben, sobald die Orangenmasse zu gelieren beginnt. Anschließend mindestens 3 Stunden kalt stellen.

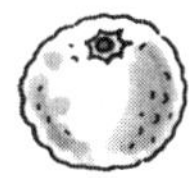

Knüller-Tipp

Der Fantasie beim Verzieren sind grundsätzlich keine Grenzen gesetzt. Ein Fächer aus Orangenscheiben, aus Schlagsahne aufgesprühte Herzen, eine Likörbohne mit Orangenfüllung als i-Tüpfelchen – alles ist denkbar.

Pudding und Creme zu rühren, das waren schon in meiner Kindheit die einzigen Küchenjobs, die mir meine Mutter anvertrauen konnte, ohne mürrisches Gemaule oder einen raschen Rückzug an die Mathehausaufgaben befürchten zu müssen. Und da meine Mutter eine Puristin ist, die industrielle Kochhilfen weitgehend ablehnt, wurde ich schon früh in die Herstellung von wirklichem Erdbeerpudding (nicht aus der Tüte) eingeweiht. Mit den handelsüblichen Puddingpulverpäckchen habe ich es dann irgendwann in Studentenzeiten versucht, fand das wabbelige Ergebnis aber schlicht geschmacklos. Entweder mach ich richtigen Pudding oder gar keinen! Meistens war's dann gar keiner.

Also lieber John, ich schick dir die Rezepte (immer für zwei Personen), kauf du schon mal alle Zutaten ein!

Und noch etwas, du warst doch früher so ein Eisfan. Ich kenne mich in diesen eisigen Varianten des süßen Lebens nur als Konsument diverser Kaffeehauseisschalen aus. Aber bestimmt bekommt man die in einer intimeren Homevariante auch aromatischer hin? Denk mal drüber nach.

Bis Freitag!

Deine Naschkatze Rieke

WEINGELEE

(für 2 Personen)

1 EL pulverisierte Gelatine
¼ l Weißwein
4 EL Zucker
2 EL Zitronensaft
200 g Weintrauben
(ohne Kerne)
Schlagsahne

Die Gelatine in etwas kaltem Wasser einweichen.

Den Wein, den Zucker und den Zitronensaft verrühren, aufkochen lassen, Topf vom Feuer nehmen.

Die eingeweichte Gelatine sorgsam hineinrühren, Geleemasse abkühlen lassen.

Weintrauben lauwarm abspülen, Beeren abpflücken, auf Portionsschalen oder Gläser verteilen. Das Gelee darüber gießen und kalt stellen.

Gelee vor dem Servieren stürzen und nach Belieben mit Schlagsahne garnieren.

Echter Erdbeerpudding

(für 2 Personen)

500 g Erdbeeren
6 EL Zucker
2 EL Rum
100 g Butter
2 frische Eigelbe
4 EL Speisestärke
½ l Milch
Mark einer Vanilleschote
oder 1 TL Vanillepulver
Salz

Erdbeeren waschen, putzen, ja nach Größe der Früchte in Viertel- bis Achtelstückchen zerschneiden, mit 2 EL Zucker überstreuen, mit Rum übergießen, vorsichtig durchrühren und abgedeckt ruhen lassen.

Butter aus dem Kühlschrank nehmen und in kleine Stücke zerteilen. Eigelbe in einer kleinen Schüssel bereitstellen.

Speisestärke mit 2 TL kalter Milch klumpenfrei anrühren.

Übrige Milch mit der Vanille und einer Prise Salz in einem größeren Topf zum Aufwallen bringen, angerührte Speisestärke hinzufügen und in 2 Minuten zu Pudding kochen lassen. Sofort vom Feuer nehmen (brennt leicht an). Dann sofort die Butterstückchen unterrühren, bis sie sich aufgelöst haben.

In die kleine Schüssel mit den Eigelben nach und nach vorsichtig 4 EL der etwas abgekühlten Puddingmasse rühren. (Masse darf nicht mehr so heiß sein, dass sich die Eigelbe darin verfestigen.) Diese Mischung wieder zu dem restlichen Pudding geben. Alles gut durchrühren, etwa 15 Minuten abkühlen lassen.

Inzwischen die vorbereiteten Erdbeeren noch etwas mit der Gabel zu Mus drücken, dann löffelweise unter die Puddingmischung rühren, bis sich der Pudding leicht rosa färbt und die Erdbeerstückchen gleichmäßig verteilt sind.

Erdbeerpudding mindestens 2 Stunden lang im Kühlschrank richtig kalt stellen.

Knüller-Tipp

Für einen derartigen Obstpudding eignen sich ebenso Kirschen oder Pfirsichstücke aus der Konserve (gut abtropfen lassen). Zitrusfrüchte oder Kiwis säuern den Milchpudding zu stark.

Aromaspiel in Eis

Ach Rikje,

deine Ausführungen darüber, wie man mit den diversen Sahne-Schokolade-Eier-Gemischen einen kraftvollen aber sanften Liebhaber erhält, haben mich angesichts meiner einsamen Abende eher seufzen als die Zungenspitze genüsslich vorschmecken lassen. Unsere derzeitige

Fernbeziehung setzt mich da in jeglicher Hinsicht auf Kneippdiät. Nur dass ich mir erlaube, die eiskalten Wassergüsse durch gemäßigt temperierte (innerliche) Bieranwendungen zu ersetzen …

Was nun das Eis betrifft, meine Liebe: Es gab zwar eine Zeit, da konnten die Portionen gar nicht groß genug sein. Aber das ist doch eine Weile her. Und außerdem war es immer so, dass ich mich am liebsten in einer Eisdiele an den Tisch setzte und mir eine Eiskreation servieren ließ … Vielleicht befriedigen dich die folgenden Anweisungen: Besorge dir vier Kugeln Vanilleeis und gieße Heidelbeeren darüber; oder belege sie mit Pfirsichstücken. Oder nimm eine Tüte Schokoladensauce aus dem Supermarkt mit, mache sie heiß und gieße sie über die Vanilleeiskugeln. Wahrscheinlich hast du das nicht gemeint, obwohl es, wenn man auf die Fruchtzutaten ein wenig liebevolle Aufmerksamkeit verwendet, ganz originell und eben nicht mehr so nach Fertigeis schmeckt. Der Vorteil liegt darin, dass wir uns den Genuss in einer absehbaren Zeit und mit überschaubarem Aufwand verschaffen. Denn bedenke: Nichts ist ärgerlicher, als sich nach sorgfältiger Planung stundenlang mit der Zubereitung einer Eiscreme nach Hausrezept zu beschäftigen und sich beim Aufschlecken sagen zu müssen, dass der Brei scheußlich schmeckt. Passiert einem das mit einer gekauften Eiscreme, kann man immerhin noch auf den Hersteller schimpfen.

Heidelbeer-Eisbecher

(für 2 Personen)

1 kleines Glas Heidelbeeren (ca. 350 g)
1 TL Stärkemehl
Zimt
1 unbehandelte Zitrone
200 g Vanilleeis
2 EL Maraschino oder Orangenlikör
Zitronenmelisse

Heidelbeeren abtropfen lassen. Den Saft auffangen und in einem Topf erhitzen. Stärkemehl mit wenig Wasser anrühren und den Heidelbeersaft damit binden. Nach kurzem Aufkochen von der Herdplatte nehmen und mit Zimt würzen.

Die Zitrone gut abwaschen und abtrocknen. Etwas Schale fein abreiben und aus der Frucht 2 EL Saft auspressen. Die geriebene Zitronenschale zusammen mit dem Saft und den Heidelbeeren in den Heidelbeersaft geben und gut unterrühren. Anschließend rund 2 Stunden kalt stellen.

Das Eis leicht antauen lassen. Währenddessen den größten Teil der Heidelbeersauce in 2 Eisbecher gießen. Mit dem Kugelausstecher kleine Eiskugeln formen und in die Becher gleiten lassen.

Die restliche Heidelbeersauce mit Maraschino oder Orangenlikör mischen und über das Eis geben. Das Ganze mit etwas Zitronenmelisse verzieren.

Pfirsich Melba

(für 2 Personen)

200 g Vanilleeis
2 Pfirsichhälften aus der Dose
4 bis 6 EL Erdbeer- oder Himbeerpüree
4 EL Schlagsahne

Eis mit dem Kugelausstecher zu Kugeln formen und in die Eisbecher geben.

Pfirsichhälften auf die Eiskugeln legen, mit Erdbeer- oder Himbeerpüree begießen und mit Schlagsahne garnieren.

Knüller-Tipp

Das Ganze lässt sich natürlich auch mit einem halbierten und geschälten frischen Pfirsich statt der Dosenpfirsichhälften machen. Zum Abziehen der Haut Pfirsich mit heißem Wasser übergießen und kurz ziehen lassen. Pfirsichhälften in Zuckerwasser leicht andünsten.

WINTERTRAUM

(für 4 Personen)

Pfirsichhälften aus der Dose
(ca. 800 g)
150 g Schlagsahne
4 EL Eierlikör
4 Kugeln Vanilleeis (ca. 200 g)
8 EL Schokoladensauce
4 Schokoherzchen
bunte Streusel

Die Pfirsichhälften abtropfen lassen. Auf 4 Teller je eine Hälfte beiseite legen, die Übrigen in schmale Spalten schneiden.

Die Sahne steif schlagen und den Eierlikör unterziehen. Das Gemisch in einen Spritzbeutel oder eine Sahnespritze füllen. Kringel und Häubchen auf die Teller spritzen.

Je 1 Kugel Vanilleeis in die Pfirsichhälften geben. Die restlichen Pfirsichspalten darum herum verteilen und 2 EL Schokoladensauce darüber geben. Mit Schokoherzchen und bunten Streuseln verzieren.

Liebe Rieke, jetzt im Winter ist einem ohnehin nach anderem zumute, aber ich sehe ein, der nächste Sommer kommt bestimmt und mit ihm auch die Lust auf kalten, süßen Schleckerkram. Und damit du meinen guten Willen siehst, gebe ich dir am Schluss noch einen Rezeptklassiker mit, den ich in der Biografie des Fürsten Pückler gefunden habe. Dieser Schriftsteller, Landschaftsarchitekt, Weltreisende und Feinschmecker hat wunderbare Reisebriefe, lebendige Prosa und nicht zuletzt zwei einmalige Parklandschaften hinterlassen. Am bekanntesten wurde er aber mit einem Produkt, das nachweislich nicht von ihm ist, mit dem berühmten Pücklereis. Ein Berliner Konditor sicherte sich – als seinerzeit Fürst Pückler die feine Gesellschaft Berlins durch seine Extravaganzen in Aufruhr versetzte – für seine eigene Eiskreation diesen publikumswirksamen Markennamen. Sollte man dir mal an einer Hamburger Straßenecke ein so genanntes Pücklereis zwischen zwei pappigen Waffeln anbieten, weise es zurück! Es ist gewiss ungenießbar. Als klassische Eistorte aber kann es ein Genuss sein.

Wenn du mich wieder mal besuchst, sollten wir uns unbedingt die Pücklerparks in Muskau und Branitz anschauen. Die liegen keine zwei Autostunden vor meiner Haustür, d. h. man ist schneller in diesem stillen Paradies, als einmal quer durch unser liebes, lautes Berlin gefahren. Und sicher werden wir in einer kleinen Wirtschaft auch eine paradiesisch süße Schüssel bekommen. Also wann?

Herzlichst!

Dein Johannes

Eistorte Fürst Pückler

(für 6 Personen)

100 g Makronen
4 EL Maraschino
oder Kirschwasser
50 g Erdbeeren
(reif und aromatisch)
50 g Schokolade
½ l Schlagsahne
3 EL feiner Zucker
oder Puderzucker

Makronen sehr fein hacken, mit 2 EL Maraschino oder Kirschwasser übergießen, abdecken, gut durchziehen lassen.

Edbeeren waschen, in sehr kleine Stücke teilen, anschließend mit einer Gabel zu möglichst feinem Mus zerdrücken. Schokolade raspeln.

Schlagsahne sehr steif schlagen und mit dem feinen Zucker bzw. Puderzucker vermischen. Die Masse in 3 gleiche Teile teilen.

Den ersten Teil (bleibt weiß) mit 2 EL Maraschino oder Kirschwasser versetzen. Den zweiten Teil (wird rot) mit Erdbeermus mischen. Den dritten Teil (wird braun) mit der geraspelten Schokolade durchmischen.

Die durchgezogene Makronenmasse dritteln und gleichmäßig unter alle 3 Teilmengen heben.

In eine Eisform zunächst die rote, dann die weiße und zum Schluss die braune Schicht einbringen und gut verschließen. 2 bis 3 Stunden ins Gefrierfach oder in die Gefriertruhe stellen.

Vor dem Servieren wird die Eisform kurz in warmes Wasser getaucht, abgetrocknet, geöffnet und gestürzt.

Die Mehlspeise: süß, handlich, geheimnisvoll

Lieber John,

dein pücklersches Muskau war ein zauberhaftes Wunder in zartem Märzblau. Und dass wir dann auf der Heimfahrt auch noch dieses kleine brandenburgische Landhotel fanden, wo sie uns des Fürsten viel gelobtes Eis aufs Zimmer brachten und wir ohne viel Umstände im Bett naschen konnten … – Ob sie uns zu Ostern in Wien auch so verwöhnen werden?

Ja sicher, wir werden bildungsbrav den Mozart und Schönbrunn und das Hundertwasserhaus abarbeiten … Mit Kaiserin Sissi hab ich ja nun mal weniger im Sinn, seit ich hörte, dass die Dame einstens regelmäßig mit Turnvater Jahn korrespondierte, im Tanzsaal der Hofburg Reck und Ringe anbringen ließ und unentwegt irgendwelche Diäten machte. Wer schön sein will, muss leiden, predigten meine sämtlichen Großmütter und Großtanten. Na, das sehe ich ja nun gar nicht ein. Und deswegen werde ich mich bei unseren Wiener Mahlzeiten auch tüchtig an das halten, was man in meinem Norden und in deinem Flachland nicht so richtig kennt und mag und kochen kann: die Mehlspeisen.

Ich wurde auf sie aufmerksam, als ich irgendwann einen Roman las, der im alten Österreich-Ungarn spielte.

Da gab es also nach dem Braten nicht etwa ein Kompott oder ein Eis, sondern eine Mehlspeise. Als Küstenkind konnte ich mir nur irgendeinen gelblichen Brei aus Mehl darunter vorstellen, vermutete allerdings geschmacklich Geheimnisvolles, da für die Akteure in meinem Buch die Mehlspeise offensichtlich eine große Annehmlichkeit darstellte. Später stellte sich heraus, dass es sich dabei um so herrliche Desserts wie Biskuitpudding, Quarkklöße oder gar einen Windbeutel mit Schlagsahne handelte. Ich habe in meinem antiquarischen Kochbuch nachgeschlagen, lese den Aromen und Zutaten nach …

Es klingt alles einigermaßen verlockend und gar nicht so unausführbar.

Biskuitpudding

(für 2 Personen)

Schale einer
½ unbehandelten Zitrone
50 g Butter
3 frische Eier
120 g Zucker
60 g Stärkemehl
60 g Mehl
1 TL Backpulver
Fett zum Ausstreichen und Semmelmehl zum Ausstreuen einer Puddingform
Preiselbeer- oder Sauerkirschkompott

Zitrone warm waschen, abtrocknen, Schale abreiben. Butter erhitzen und klären.

Eier trennen. Die Eigelbe mit 3 EL Wasser, dem Zucker und der abgeriebenen Zitronenschale mit dem Mixer zu dickem Schaum schlagen.

Das Stärkemehl mit dem Mehl und dem Backpulver vermischen, dazurühren, und die flüssige, jedoch nicht mehr heiße Butter darunter ziehen. Zuletzt die Eiweiße steif schlagen und unterheben.

Eine verschließbare Puddingform einfetten, mit dem Semmelmehl ausstreuen und den Teig hineinfüllen. Gut verschlossen in ein kaltes Wasserbad stellen und dieses zum Kochen bringen.

Nach 1 guten Stunde die Puddingform herausnehmen, 5 Minuten stehen lassen, den Pudding stürzen und mit Kompott (Preiselbeeren oder Sauerkirschen) servieren.

QUARKKLÖSSE

(für 2 Personen)

2 frische Eier
200 g Quark
Salz
30 g Grieß
60 g Semmelbrösel
30 g Schmalz
2 EL Butter
2 El saure Sahne
4 EL Aprikosenmarmelade
2 EL Puderzucker

Die Eier trennen. Eiweiß zu festem Eischnee schlagen.

Den Quark durch ein Sieb passieren, etwas Salz und die Eigelbe und den Grieß hinzufügen und gründlich verrühren, dann Eischnee unterziehen. Teig etwa 1 Stunde lang ruhen lassen.

Dann in einem großen Topf reichlich Salzwasser zum Kochen bringen, aus dem Teig (mit nassen Händen) einen Probekloß von etwa 4 cm Durchmesser formen, in das heiße Wasser gleiten lassen und bei mäßiger Hitze zugedeckt 10 bis 15 Minuten kochen, bis er an die Wasseroberfläche kommt.

Ist der Kloß zu weich oder zerfällt er während des Kochens, so muss noch etwas Mehl oder Grieß in den Teig geknetet werden. Erscheint der Probekloß als zu fest, dann fehlt dem Teig noch etwas Quark. Entsprechend die übrigen Klöße formen und kochen.

Inzwischen die Semmelbrösel im Schmalz goldbraun rösten, dann kurz die Butter mit erhitzen.

Fertige Quarkklöße mit einer Schaumkelle aus dem Topf heben, gut abtropfen lassen, mit der Semmelbrösel-Fett-Mischung übergießen und mit etwas saurer Sahne beträufeln.

Auf dem Servierteller werden die Quarkklöße mit Aprikosenmarmelade angerichtet und mit reichlich Puderzucker bestreut.

Lieber brandenburgischer Skeptiker: Wie du siehst, ist das mit dem Mehl gar nicht so wörtlich zu nehmen. Und zuweilen kommt es auch nur in sehr vermittelter Form, beispielsweise als eingearbeitete Weißbrotscheibe vor, wie in der Apfelcharlotte, die (weil so wunderbar einfach herzustellen und ziemlich nahrhaft) vermutlich deinen Beifall finden wird. Dies wohl nicht zuletzt auch deswegen, weil sie keineswegs österreichischen Ursprungs, sondern ein uraltes englisches Rezept ist. Wie sich nämlich bei einer häuslichen Debatte über Kompott und Mehlspeisen herausstellte, gab's die »Apple Charlotte« früher hier an der Küste durchaus als Mitbringselrezept von der anderen seefahrenden Nation. Die Speise kam dann wohl mit der Einführung von Fertigpuddings und Eis aus der Tiefkühltruhe endgültig aus der Mode. Aber meine resolute Kirchdorfer Oma kannte sie und hat sie wegen meiner Neugier trotz des Missmuts aller übrigen Beteiligten eines Sonntags aufgetischt. Hinterher erklärten dann alle, dieser Apfelpudding, das sei ja schließlich etwas anderes …

Apfelcharlotte

(für 4 Personen)

4 EL Butter
½ Zitrone
Fett zum Ausstreichen der Auflaufform
7 EL Zucker, 2 EL Vanillezucker
3 bis 4 Weißbrotscheiben
5 feste, etwas säuerliche Äpfel
6 EL Weißwein, 1 EL Rum
65 g Korinthen, 1 TL Zimt

Die Butter erwärmen. Zitrone auspressen. Eine Auflaufform einfetten. Den Backofen auf 200 Grad (Umluftherd 160 Grad, Gasherd Stufe 5) vorheizen.

Zwei EL Butter mit 2 EL Zucker mischen und die Brotscheiben damit bestreichen.

Die Äpfel schälen, vom Kerngehäuse befreien und in dünne Scheiben schneiden. Mit 4 EL Zucker, dem Vanillezucker, dem Wein, 1 EL Butter, dem Rum und den gut gewaschenen Korinthen kurz andünsten. (Äpfel nicht zu weich werden lassen.)

In die Auflaufform zuerst die Brotscheiben legen, dann Äpfel darauf schichten, dann wieder Brot usw. Die oberste Schicht muss aus Brot bestehen und wird mit der restlichen Butter und etwas Zitronensaft beträufelt.

Die Form wird mit Backpapier abgedeckt und im Backofen 60 Minuten gebacken. 10 Minuten vor Ende des Backens das Papier entfernen und die obere Schicht knusprigbraun werden lassen.

Vorsichtig aus der Form stürzen, mit Zucker und Zimt bestreuen und warm servieren.

Knüller-Tipp

Apfelcharlotte schmeckt sowohl mit Vanillesauce als auch mit Schlagsahne.

Telekomischer Dialog 3

Riekje, du meine Lieblingsmehlspeise …

Na, welche denn?

Na du.

Wieso ich?

Süß, handlich, geheimnisvolles Aroma so in Richtung Zimt und Ingwer …

Hey, reden wir jetzt von mir oder über meine aktuellen Mehlspeisenlieblinge?

Über beides, Riekje, über beides!

Mhm. John, wenn ich es mir recht überlege, ich könnte jetzt beinahe von mir sagen, ein wenig Kochen gelernt zu haben.

Mädchen, warum die Umstände. Versuchen wir es doch beide noch mal miteinander.

In und mit der Küche klarzukommen? Ohne Kompetenzstreitigkeiten und Egoismus?

Auch. Aber ich meine überhaupt. Ich meine, ich habe mich gerade an einem Hamburger Gymnasium beworben und frage dich hiermit feierlich, ob du mich samt Marotten, Statistiken, Dosensuppen, unkorrigierten Mathearbeiten und Lust auf personifizierte Mehlspeisen in deinem breiten norddeutschen Bette haben möchtest. Und gelegentlich auch an deiner Herdplatte? Riekje? Nun heul doch nicht. Du bist doch diese knallharte hanseatische Juristin mit Hang zu Eierkuchen, Rinderfilet und Quarkklößen. Und genau die wollte ich schon immer zur Frau.

Und wer kocht was?
Kochen? Aber ja, bitte schön! Einkaufen? Küche wischen? Können wir doch abwechselnd. Und wir kochen wirklich nur, wenn wir wirklich Lust dazu haben und nur das, worauf wir Lust haben. Es wird doch auch im Umfeld deiner Hansestadt irgendwelche netten Landgasthöfe geben, in denen sie eine »Apple Charlotte« auf der Karte haben.
Also, ich steige jetzt ins Auto. Bis nachher.
Johannes …
Ja?
Johannes, ich sag JA! – Ich kaufe dann schon mal einen netten Fünflitereimer für Obstsalat. Bis nachher.

Kapitel 4

Lexikon für den Küchenfeind

Abfetten: Auf der Oberfläche abkühlender Suppen, Saucen, Brühen setzt sich weißliches Fett (schmalzähnlich) ab. Möchte man die betreffende Speise fettarm, kann man es mit einem Löffel abheben. (Andernfalls lösen sich die abgesetzten Fette beim Erwärmen der betreffenden Speise wieder vollständig auf.)

Ablöschen: (a) Vorgang nach dem Anbraten: Sobald zum Schmoren vorgesehener Braten oder kleinere Fleischstücke (Gulasch) rundum braun angebraten sind, wird möglichst heiße Flüssigkeit zugegossen, in der das Fleisch dann schmort. Dafür kann Wasser, besser aber Fleischbrühe oder vorhandene Marinade verwendet werden.

(b) Wenn bei einem Schmorvorgang auf dem Topf- oder Pfannenboden nur noch das Fett vom Anbraten brutzelt, werden die äußeren Fleischschichten zu heiß, es muss Wasser oder Fleischbrühe zugegossen werden. Zum Ende des Schmorvorganges können anlässlich des Ablöschens den Flüssigkeiten Gewürze, Kräuter und mitzuschmorende Gemüse zugesetzt werden.

Abschäumen (von Fleischbrühe, manchen Gemüsesorten): Eiweißpartikel, die bei Kochvorgängen freigesetzt werden und als »Schaum« aufsteigen, werden abgeschöpft. Günstig hierfür: breite, flache Schaumkellen aus Metall, die mehr oder weniger große Löcher haben.

Abschmecken (von Saucen, Suppen, Gemüse, Salaten usw.): Finale beim Kochen; aus dem fertigen Gericht wird eine Probe genommen, gegebenenfalls auf einem kleinen Teller etwas abgekühlt und gekostet, um festzustellen, welche Gewürze fehlen, zu schwach vertreten sind, womit die Sache noch verfeinert werden kann. Als Standardzugaben gelten Salz, Pfeffer, Essig oder Zitrone, Sahne sowie gehackte Küchenkräuter. Feinschmecker bevorzugen ein Quantum des einen oder anderen Weinbrandes oder Weines. Achtung: Nie mit dem Löffel abschmecken, mit dem man die Kostprobe aus dem Topf geholt hat. Erstens ist es nicht sonderlich hygienisch für die Mitesser, zweitens verbrennt man sich bei heißen Speisen die Zunge und schmeckt dann erst einmal überhaupt nichts mehr.

Anbraten: Roher Braten oder kleinere Fleischstücke, die geschmort werden sollen, werden in eine Pfanne, einen Bratentopf o. Ä. mit sehr heißem Fett gelegt und schnell rundum gewendet, bis das Fleisch von allen Seiten angebräunt ist. Das heiße Fett schließt die Fleischporen. Zum Anbraten günstig: gutes Schmalz, Speiseöle oder spezielle Bratfette. Viele Margarinesorten und Butter werden nicht heiß genug.

Anbrennen: Dauerproblem aller Küchenfeinde, aber auch mancher gestandenen Hausfrau. Gegenmaßnahme: Während des jeweiligen Garprozesses regelmäßig Topfgucken, je nachdem Wasser, Brühe oder Fett zugeben. Riecht es bereits bis ins Treppenhaus brenzlig, so sollte man keine hektischen Rettungsversuche unternehmen. Nicht ärgern, der Italiener nebenan freut sich über jeden Gast! Schlimmstenfalls besitzt man anschließend einen Topf weniger …

Aperitif: Alkoholisches Getränk, das vor einer Mahlzeit den Appetit wecken soll. Wem die Klassiker Sherry, Pastis oder Gin nicht zusagen, kann einfach ein Glas Sekt anbieten.

Aufkochen (von Milch, Suppen, Saucen): Rasches Erhitzen bis zum Siedepunkt, wobei sich die entsprechende Flüssigkeit (vor allem Milch!)

unter Aufschäumen/Sprudeln/Blasenschlagen rasch ausdehnt. Um ein Überlaufen zu vermeiden, muss die Wärmezufuhr nach dem Aufkochen abrupt unterbunden werden. Was auf Gasherden mit einem einfachen Griff zum Schalter zu regeln ist, kann auf Elektro- oder anderen Kochplatten zum Problem werden. Hier sollte man den Topf, in dem aufgekocht wird, sofort anheben und beiseite stellen. (Rechtzeitig überlegen, ob man sich am konkreten Topf die Finger verbrennt!)

Ausnehmen: Wurde Geflügel, Fisch oder Kleinwild als ganzes Stück gekauft, enthält es zuweilen noch die Innereien, den Kopf usw. Deren sachkundige Entfernung sollte man sich von Profis oder einer Perfekthausfrau zeigen lassen. Für den Kauf eines kompletten Tieres spricht, dass dessen Schlachtfrische besser zu kontrollieren ist als beim zerlegten Fleisch. Dagegen spricht, dass das Ausnehmen zeitraubend, mühevoll und nicht sonderlich appetitlich ist.

Beizen: Um ein intensiveres Aroma zu erreichen, werden Rinderbraten und Wild einige Stunden vor Beginn des Kochvorgangs (eventuell auch schon am Vorabend) mit einer scharfen, dickflüssig angerührten Gewürz-Öl-Essig-Mischung eingerieben und abgedeckt stehen gelassen.

Blanchieren: Auch als Brühen, Überbrühen oder Abwällen bezeichnet. Gemüse oder Fleisch wird mit kochendem Wasser übergossen oder mit einer Schaumkelle bzw. in einem Sieb in kochendes Wasser gehalten, um es vorzugaren oder für eine gewisse Zeit haltbarer zu machen.

Dämpfen (auch Dünsten):
(a) Schonende Garungsart für Kartoffeln und Gemüse, auch Fisch, die nicht im Kochwasser schwimmend, sondern im Topf auf einem Siebeinsatz liegend, vom darunter siedenden Wasser bei rund 100 Grad weich werden.
(b) Werden Kartoffeln oder Gemüse auf konventionelle Weise in sprudelnd kochen-

dem Wasser gegart, so sollte man sie (nachdem das Kochwasser abgegossen wurde) noch einen kurzen Augenblick auf der Herdplatte stehen lassen, damit Restflüssigkeit rasch verdampfen kann und die Kartoffeln bzw. das Gemüse nicht zu wässrig auf den Teller kommen. (Vorsicht, nicht zu lange dämpfen, sonst brennt es an.)

Einfetten (von Pfannen, Backformen, Blechen): Damit die Speisen beim Braten nicht anbrennen, werden Back- oder Kochgeräte mit festem Fett eingerieben oder mit flüssigem Fett eingepinselt. In manchen Fällen (Pizza, Pommes frites) ist hitzebeständiges Backpapier eine gute Alternative für die fettige Schmiererei. Natürlich kann man – beispielsweise um die Fettkalorien zu sparen – auch Pfannen und Bleche mit einer Anti-Haft-Beschichtung benutzen, erhält dann allerdings keine richtig knusprigen Bratergebnisse.

Einfrieren: Fast alle verderblichen Lebensmittel (Ausnahme: alles, was mit Gelatine oder mit rohen Ei-Öl-Gemischen wie Mayonnaise hergestellt wurde), Speisereste usw. lassen sich durch Einfrieren für einige Tage bis Wochen haltbar machen. Manche Speisen, z. B. Braten, Eintöpfe schmecken danach fast noch besser; anderes, z. B. Obst, wird anschließend eher matschig. Problem Auftauen: Ob eher langsam im Kühlschrank oder blitzschnell, etwa in siedend heißem Fett, aufgetaut werden sollte, ist von Fall zu Fall unterschiedlich: Mutter fragen, Spezialliteratur konsultieren oder einfach mal selbst ausprobieren.

Einkochen: (auch Eindampfen oder Eindicken) Suppen, Saucen u. Ä. werden bei milder Hitze und unter Rühren so lange gekocht, bis sie durch das Verdampfen von Wasser etwas dickflüssiger (und dadurch geschmacksintensiver) geworden sind.

Etikette: Weiße Damasttücher oder blankes Holz, Tupperware oder Meissener Porzellan – das ist und bleibt individuelle Geschmacks- und Temperamentssache. Sehr wohl kann man Kaviar gleich aus der Verpackung löffeln, ebenso gut ihn auf Eis in Omas speziellen Bleikristall-Doppelschälchen zelebrieren. Sagen Sie mit Shakespeare: Wie es euch gefällt! Und lassen Sie sich von anderen weder das Fischbesteck ein- noch ihre Messerbänkchen ausreden. Sitzen Sie dann, nicht mehr allein am Frühstückstisch, gilt: Eine Paarbeziehung ist sowohl dann ernsthaft gefährdet, wenn man sich nicht mehr auf die Temperatur des Badewassers einigen kann, als auch dann, wenn strittig ist, ob zu einem bunt gemusterten Frühstücksgeschirr eine bunt gemusterte Tischdecke passt.

Farce: Füllung aus fein gehacktem Fleisch, Eigelb, Semmelbröseln, Gewürzen, die als fein durchgeknetete Masse in Geflügel, Pasteten und größere Fleischstücke gefüllt wird.

Fettspritzer: Gehören beim Kochen und Braten mit wasserhaltigen Fetten wie Butter oder Margarine irgendwie dazu. Sie lassen sich minimieren, indem man zuvor eine Prise Salz in die Pfanne streut. (Achtung, wirklich nur eine Prise! Bei süßen Gerichten wie Eierkuchen darf Salz nur in äußerst geringen Mengen benutzt werden.) Oder man nimmt die Spritzer um des guten Geschmacks willen in Kauf.

Flambieren: Die Speise wird mit vorgewärmtem, hochprozentigem Alkohol übergossen und angezündet, wodurch aus karamelisiertem Zucker und verbranntem Alkohol ein einzigartiges Aroma entsteht.

Fond: Auch Grund genannt. Mit Bratfett vermischter, sehr aromatischer, etwas dickflüssiger Fleisch- oder Fischsaft, der während der Garungsprozesse (Braten, Schmoren, Kochen) entsteht. Wichtige Geschmacksgrundlage von Saucen und Suppen. Als Halbfertiggericht auch im Supermarkt zu bekommen. Profis versorgen sich beispielsweise mit Vorräten an Rinderfond, indem sie eine gute Bouillon herstellen und sie zu einer dicklichen, wochenlang haltbaren Paste einkochen.

Fritieren: Fleisch-, Gemüse- oder Kartoffelstücke, auch Gebäck werden in sehr heißem Fett im Topf auf der Herdplatte oder in einer elektrischen Fritteuse ausgebacken. Der Vorgang ist zu beenden, wenn die Stücke eine knusprige goldgelbe Farbe zeigen. (Vorsicht, in heißem Fett verbrennt schnell etwas.) Anschließend mit dem Schaumlöffel herausnehmen, eventuell auf Küchenpapier abtropfen lassen und sofort servieren.

Gratin (auch Auflauf): Speise, die in einer gefetteten, feuerfesten Form mit einer Sauce (Milch, Eier, Käse, auch Süßes) übergossen und im Ofen gebacken wird, bis darauf eine knusprige Schicht entsteht.

Hygiene (in der Küche): Bis auf ein paar allgemein anerkannte Grundregeln der Sauberkeit ein beliebtes Streitfeld für Schwiegermütter und verzankte Paare.
Faustregeln:

- Niemand will »vom Fußboden essen«.
- Wer zuvor im Supermarkt war, Türklinken außerhalb der eigenen Wohnung anfasste, die Nase putzte oder die Toilette verließ, wäscht sich mit warmem Wasser und Seife die Hände, bevor er Lebensmittel anfasst.
- Nichts gegen die Benutzung diverser Küchengeräte, aber oft ist es geschickter und unkomplizierter, einen Arbeitsgang mit den Händen auszuführen: also die Erdbeeren nicht mit Messer und Gabel zu vierteln, das Hackfleisch für die Buletten mit der Hand zu kneten.

Klären (von Brühe aller Fleischsorten): Brühe (am besten über Nacht) völlig erkalten lassen. Dann das oben abgesetzte Fett samt Eiweißresten mit einem Löffel abheben. Ein Eiweiß (Eiklar) mit dem Quirl oder Schneebesen gut durchrühren, in die Brühe geben, nochmals tüchtig aufkochen lassen. Anschließend die Brühe durch ein Sieb (oder eine weißes, kochfestes Baumwoll- oder Leinentuch) gießen.

Klären (von Butter): Butter auf geringer Hitze in kleiner Pfanne unter Rühren erhitzen. Dabei trennen sich verschiedene Butterbestandteile, es entstehen weißlicher Schaum, eventuell Salzflocken, und goldgelbe Butterflüssigkeit. Sobald der Butterschaum bräunlich wird, die geklärte Butterflüssigkeit abgießen.

Küchengerät (Töpfe, Pfannen, Bestecke, Schüsseln etc.): Weniger ist mehr, weil man dann nicht ständig Chaos in den Küchenschränken hat. In der Regel reichen: ein sehr großer, ein mittlerer, ein kleiner Topf (Letzterer gern mit Stiel); eine große und eine sehr kleine Pfanne; eine große Schüssel; ein großes Holzbrett; ein Holzlöffel; ein Bratkartoffelwender; ein kleines und ein großes scharfes Messer. Ansonsten kommt es auf die Lieblingsspeisen und die Häufigkeit an, mit der bestimmte Rezepte auf dem Küchenzettel stehen. Wer z. B. oft Kartoffelbrei macht, wird sich einen Kartoffelstampfer anschaffen. Wer ein neues Rezept ausprobiert, sollte sich rechtzeitig überlegen, ob er nicht nur sämtliche Gewürze, sondern auch das nötige Handwerkszeug zur Verfügung hat.

Lebensmittelvorräte: Bei aller Spontaneität: Irgendein System von Vorratshaltung sollte man schon entwickeln. Mögliche Prinzipien: Alles, was sich lange hält, also Hülsenfrüchte, gefrostetes Hackfleisch und eingeweckte Gurken. Kann auf Dauer etwas eintönig werden. Oder: Nur die Zutaten meiner drei Lieblingsgerichte. Oder: Einmal pro Monat in einem möglichst billigen Einkaufszentrum am Stadtrand eine Ladung abgepackter Grundnahrungsmittel zusammensuchen.

Legieren: Eigelb oder Sahne werden nach dem eigentlichen Kochvorgang in Suppen oder Saucen eingerührt, um sie zu »binden«, d. h. etwas dickflüssiger, auch gehaltvoller und aromatischer zu machen. Wer zu viel Sahne oder Eigelb einrührt, läuft allerdings Gefahr, dass der ursprüngliche Geschmack überdeckt wird.

Marinieren: Um es vor dem eigentlichen Kochvorgang etwas mürbe zu machen und bestimmte Aromastoffe einziehen zu lassen, können alle Fleischsorten, bevorzugt aber Wild, einige Stunden bis Tage lang in Flüssigkeitsmischungen eingelegt werden. Beliebt sind Mischungen (auch Marinaden genannt) aus Gewürzen wie Lorbeer, schwarzem Pfeffer, Wacholder plus Buttermilch oder Rotwein. Wichtig: Das jeweilige Fleischstück muss völlig von der Flüssigkeit bedeckt sein. Wurde nur kurz mariniert, so eignet sich die Marinade gut zum Ablöschen der Braten. Sie sollte zuvor durch ein Sieb gegossen werden, um die Gewürzrückstände herauszufiltern. Blieb das Fleisch über Nacht und länger in der Marinade, so entstehen (besonders bei Wild in Buttermilch) leicht faulige Gerüche. Zwar vergehen sie während des Kochvorganges mit Sicherheit, halten aber oft davon ab, die Marinade noch weiterzuverwenden. Das bleibt Geschmacksache.

Mehlschwitze (auch Einbrenne): Grundstock für viele Saucen. Über in einer Pfanne geschmolzene Butter oder Margarine wird Mehl gestäubt, verrührt und »angebraten«. Es entsteht ein gold- bis dunkelbrauner, relativ zäher Brei. Der Färbungsgrad hängt von der Dauer des »Einbrennens« ab. Durch das Auffüllen mit geeigneter Flüssigkeit (Brühe, Wasser) erhält man eine dickflüssige Saucenbasis. Problem: Beim Auffüllen entstehen leicht Mehlklumpen. Deswegen Grundregel »kalt zu heiß« unbedingt einhalten, also in eine soeben hergestellte heiße Mehlschwitze nur kalte Flüssigkeit gießen. Soll dagegen gerade gewonnene heiße Flüssigkeit (Gemüsekochwasser o. Ä.) benutzt werden, so muss das Mehl rechtzeitig vorher angeschwitzt und dann kalt gestellt werden.

Prise: Winzige Menge von Salz, Zucker oder Gewürz, die man gerade so zwischen Daumen und Zeigefinger halten kann. Im Zweifel lieber weniger als mehr nehmen und zwischendurch noch einmal abschmecken.

Pürieren: Weich gekochtes Gemüse oder Fleisch entweder mit einem entsprechenden Gerät (Kartoffelstampfer) zu Brei stampfen, durch ein Metallsieb streichen oder im elektrischen Mixer bzw. mit dem Pürierstab zu Brei zerkleinern.

Putzen (von Gemüse): Machen Sie sich ruhig die Arbeit, auch wenn heute zunehmend bereits geputztes »kochfertiges« Gemüse angeboten wird. Kartoffeln oder Mohrrüben vom Bauernmarkt, an denen noch ein paar Erdklümpchen hängen, schmecken garantiert aromatischer als diejenigen Exemplare, denen industriell die Schale abgelaugt wurde … Prinzipiell gilt: Auch wenn die Finger dabei rot frieren, sollte man unter fließendem kalten Wasser putzen, dabei mit einem handlichen, sehr scharfen Messer Hartes, Schmutziges, Angefaultes abschneiden. Bei zartem jungen Gemüse genügt es auch, mit einem groben Gummihandschuh über die Schale zu »rubbeln«. Vom Abschrubben mit irgendwelchen Küchenbürsten ist abzuraten, weil sie anschließend schwer bis überhaupt nicht von den Schalenresten zu reinigen sind.

Putzen (der Küche): Normale Speisenzubereitung verursacht nun einmal Folgeschäden in Form von Saucenspritzern überm Herd, einem Fettfilm und angebrannten Resten auf der Kochplatte, Krümeln und Schlieren auf dem Fußboden, Rotkrautflecken am Kühlschrankgriff usw. Auch wenn die Werbung es anders verspricht: Weder Küche noch

Herd putzen sich selbsttätig. Anerkannte Küchenprofis behaupten, dass es unmöglich ist, gleichzeitig sowohl eine blitzblanke Küche vorzeigen zu können als auch wohlschmeckend zu kochen. Unser Tipp: Nicht zu umfänglich, nicht zu oft, möglichst wenig aggressives Putzmittel. Es ist allemal schöner, man betritt eine Küche, durch die ein Hauch Knoblauch oder Bratkartoffel weht, als wenn einem dort der Essig- oder gar Chlorgeruch eines Reinigungsmittels in die Nase geht.

Reste: Kein Lebensmittel, das nicht wirklich endgültig verdorben ist, wegwerfen! Im Prinzip kann alles noch in irgendeiner Weise Verwendung finden, womöglich sogar die entscheidende Aromanuance hergeben: das kalte Schnitzel als Fleischzusatz im Kartoffelsalat, die bei der Weihnachtsbäckerei übrig gebliebenen Schokoflocken auf dem Müsli, die Blumenkohl-Sahnesauce von gestern als Sahneklecks auf der Kartoffelsuppe von heute. Wichtig fürs eigene Wohlgefühl wie für die Präsentation vor Gästen: Es handelt sich keinesfalls um geizige Resteverwertung, sondern stets um kreatives Kochen!

Schmoren: Garvorgang für alle Fleischsorten, siehe Stichworte Anbraten und Ablöschen.

Schwenken: Vermischen von fertig gekochten Nudeln, Reis oder Gemüsen (Mohrrüben, Erbsen) in Butter bzw. Buttersauce. Günstig dafür: große, vorgewärmte Edelstahlschüsseln, in die zuerst die Butter bzw. Buttersauce plus gewünschte Gewürze, dann die Nudeln o. Ä. geschüttet und mit regelmäßigen Drehbewegungen geschwenkt werden.

Temperatur (vor der Zubereitung): Die meisten Lebensmittel und Gewürze können so verbraucht werden, wie sie aus dem Küchen- oder Kühlschrank kommen. Wichtig: Immer einkalkulieren, was während des Kochvorgangs damit geschehen soll, also z. B. Butter, die schaumig gerührt werden soll, rechtzeitig aus dem Kühlschrank nehmen. Das gilt ebenso für Fleisch, damit sich beim Kochen wie beim Schmoren oder Kurzbraten sofort die Fleischporen schließen. Dies ist wichtig, weil sonst die Brühe trüb oder der Braten zäh wird. Dagegen werden Zutaten für kalte Speisen (Salate, Obst) möglichst lange kühl gehalten.

Trennen (von Eiweiß und Eigelb): Hühnerei, Messer und zwei Teller, Schüsseln oder Tassen bereitstellen. Ei über einen der Teller halten, ungefähr an der Stelle mit dem dicksten Umfang mit dem Messer eine Bruchstelle schlagen. Dann Ei in beide Hände nehmen und mit den beiden Daumenkuppen sehr langsam und vorsichtig die Eierschalenhälften auseinander ziehen. Dabei darauf achten, dass das Eigelb in der einen und das Eiweiß in der anderen Eierschalenhälfte bleibt und sie so getrennt sind. Klappt selten auf Anhieb, am besten einmal ausprobieren, wenn es auf nichts ankommt, beispielsweise, wenn für einen Kuchen ohnehin mehrere Eier ungetrennt benötigt werden.

Unterheben: Zu einer Suppe, einem Teig, einer Sauce sollen Zutaten von fester oder schaumiger Beschaffenheit (Obst, Schlagsahne o. Ä.) hinzugefügt werden. Man schüttet sie vorsichtig ein, rührt und »hebt« gleichsam mit einem großen Löffel die Suppe o. Ä. über die neue Zutat. Es kommt darauf an, dass sich alles verbindet, aber zum Beispiel der Schlagsahneschaum nicht durch zu starkes Rühren zerstört wird.

Unterrühren (auch Unterziehen): Eine Flüssigkeit, ein Stück Butter, eine schon fertige Speisenmischung wird in eine Suppe, einen Teig, eine Sauce mit regelmäßigen Rührbewegungen eingerührt. Es kommt darauf an, dass sich alles möglichst gleichmäßig miteinander verbindet. Tipp: Je dickflüssiger die Speise, desto schwerer lässt sich die Zutat unterrühren. Immer abwägen, ob es mit einem normalen Löffel rasch getan ist, ein Schneebesen günstiger wäre, oder man sich die Mühe macht, den elektrischen Rührstab einzusetzen.

Vorwärmen (des Servier- und Essgeschirrs): Früher, in den üblicherweise ungeheizten Küchen, für sämtliches Geschirr Pflicht. Heute zu empfehlen bei zarten warmen Speisen (z. B. Eierkuchen), die auf kalten Tellern zu rasch auskühlen würden oder, wenn noch flambiert werden soll.

Wasserbad: Mit Wasser gefüllter Topf auf mäßig heißer Herdplatte, in den ein hitzefestes Gefäß gestellt wird, in dem eine Speise (meist eine Eierspeise) langsam stocken soll. Das Wasser darf nicht wallend kochen. Das innere Gefäß sollte zugedeckt werden, der äußere Topf muss offen bleiben. Es darf nicht zu viel Wasser genommen werden, damit nichts in das innere Gefäß »überschwappt«. Bei zu wenig Wasser besteht allerdings die Gefahr, dass der äußere Topf ausglüht. Darum sollte man das Wasserbad immer beaufsichtigen.

Zutatenliste: Für Küchenfeinde, die Rezepte als Empfehlung, nicht als Dogma ansehen, überflüssig. Alle anderen sollten sich mit einer kleinen Zutatenliste auf Einkaufstour begeben. Tipp: Immer nachsehen, für wie viele Personen das Rezept gedacht ist und entsprechend die Mengen variieren. Notfalls etwas mehr einkaufen, Reste kriegt man später immer irgendwie unter (siehe Stichwort Reste). Vor Beginn der Kochprozedur alles bereitlegen, damit nicht im entscheidenden Moment etwas anbrennt oder zusammenfällt, nur weil diese oder jene Zutat partout nicht aufzufinden war.

Register

Der Text dieses Buches entspricht den Regeln
der neuen deutschen Rechtscheibung.

Layout und Zeichnungen: Lohse Design, Büttelborn
Redaktion: Falk Steins, Niedernhausen/Ralf Labitzky
Herstellung: Bettina Christ

817 2635 4453 6271

02 01 00 99